DU MÊME AUTEUR

Aux Éditions Gallimard

AU-DELÀ DE LA MONTAGNE, *roman.*

I. LE PILIER

II. TERRE DE FER, CIEL DE CUIVRE

III. L'HERBE QUI NE MEURT PAS

MÈMED LE MINCE, *roman.*

MÈMED LE FAUCON, *roman.*

LA LÉGENDE DES MILLE TAUREAUX, *roman.*

LES SEIGNEURS DE L'AKTCHASAZ, *roman.*

I. MEURTRE AU MARCHÉ DES FORGERONS

II. TOURTERELLE, MA TOURTERELLE

Du monde entier

YACHAR KEMAL

TU ÉCRASERAS LE SERPENT

roman

Traduit du turc
par Munevver Andac

nrf

GALLIMARD

Titre original :

YILANI ÖLDÜRSELER

Hassan avait six ou sept ans au début de cette histoire.

Les aigles tournoyaient au-dessus des rochers de l'Anavarza, si proches les uns des autres que leurs ailes se touchaient. Les asphodèles aux fleurs blanches se tendaient vers le soleil. Au loin, le vent rabattit un nuage, son ombre vint frôler le marécage, puis repartit vers Doumlou. Sur les asphodèles, étincelaient des guêpes noires, bleues, pointillées, des abeilles blondes. Les fleurs d'un bleu très pur des chardons surgissaient des rochers. Hassan glissait sur les pierres comme une perdrix. L'abîme à ses pieds lui donnait le vertige. Il était descendu dans le ravin jusqu'aux nids d'aigles sans y découvrir un seul oisillon. Pas le moindre œuf. À son approche, les aigles se détachaient des parois lisses comme des murailles, ils voletaient entre les rochers en battant l'air de leurs ailes gigantesques. Sur les pierres brûlantes sous le soleil de printemps, s'étalaient des violettes, des euphorbes bleues, des safrans des prés orangés. Le thym était sur le point de fleurir, son parfum violent s'élevait sous le soleil.

Hassan plaçait ses derniers espoirs dans un nid situé tout au creux de la paroi. Il était toujours descendu avec beaucoup de peine jusque-là. À sa dernière tentative, un ressaut de la pierre l'avait retenu par ses vêtements, il avait eu bien de la peine à y échapper. S'il n'avait pas réussi à saisir les racines d'un figuier sauvage qui poussait dans une faille de la roche, si les racines avaient cédé, cela aurait signifié la mort pour lui. Au-dessous de lui, la profondeur de l'abîme avait bien la taille de dix minarets, il aurait été déchiqueté avant même de toucher le sol. Et depuis, il n'avait plus osé descendre jusqu'au nid.

Toutes sortes d'odeurs montaient autour de lui. Au printemps, quand les parfums se confondaient au soleil, quand Hassan n'arrivait plus à les distinguer les uns des autres, il se persuadait qu'il s'agissait là de l'odeur des rochers. Pour lui, c'était là le parfum des pierres de l'Anavarza, celle des guêpes et des lézards, des nids de perdrix, des aiglons, des crotales, des vipères cornues. Même les humains sentent le rocher dans l'Anavarza. Un parfum étrange, sucré, enivrant sous le soleil du printemps. Dans les rochers de l'Anavarza, même l'odeur de la pluie est différente, la pluie y sent la roche mouillée. Jusqu'aux nuages, qui ont une drôle d'odeur là-haut.

Hassan se souvient de l'odeur des rochers. Il se souvient aussi d'une nuit obscure, et dans les ténèbres, de l'odeur de la poudre. Une odeur qui n'est pas la même dans la plaine en plein jour, et la nuit dans les rochers. La nuit sentait la poudre. Au loin, très loin, on entendait siffler des balles, leurs échos résonnaient dans la nuit, djivvv, djivv...

Les rochers de l'Anavarza, pour lui, ce sont ces échos, ce bruit de balles, ces parfums. Dans le ciel de l'Anavarza, tournent les aigles sanguinaires. Il se rappelle très bien. Le plus terrifiant de ses souvenirs, c'est celui-là, cette nuit où sifflaient les balles, ces échos, ce glissement des aigles dans l'aube...

Ce matin-là, Hassan se retrouva seul au village. Tout le monde était allé travailler dans les champs. Il faisait très chaud. Hassan s'ennuyait. Il se demandait ce qu'il allait bien pouvoir faire. Il n'osait pas lever les yeux sur sa mère. Il avait alors neuf ans.

C'était du moins ce que disaient les gens, il n'en savait trop rien, lui. Les matins comme ce matin-là, quand son regard croisait le regard de sa mère, il en devenait quasiment fou de rage.

Les matins comme ce matin-là, avant même le lever du soleil, sa mère lui réservait la première motte qu'elle retirait de la baratte. Hassan étalait le beurre couvert de gouttelettes de petit-lait sur le pain brûlant à peine sorti du four, il allait s'installer sous les arbres, loin de la maison. Il ne pouvait plus regarder sa mère dans les yeux, il n'osait même plus se tourner vers elle. Cela faisait bien longtemps qu'il ne la voyait plus vraiment.

Les matins comme celui-là, il se sentait toujours ainsi, partagé entre l'impatience et l'indécision, il tournait en rond dans le village, comme pris de folie, et le soir, il ne se souvenait plus de ce qu'il avait fait tout au long du jour. Ce fusil à la crosse ornée de nacre, une arme très précieuse, ils le lui avaient donné quand il n'avait encore que sept ans, et depuis ce jour-là, il tirait sur tout ce qu'il rencontrait : oiseaux, chèvres, aigles, perdrix, chacals, moineaux, il visait même les gens, eh oui, même les gens. Il avait trois oncles, Hassan, qui ne le grondaient jamais. Au village — un tout petit village — les gens étaient tous parents. Cela ne faisait pas très longtemps qu'ils s'étaient installés là, à peine sortis du nomadisme. À son âge, son père et ses oncles menaient encore les troupeaux de moutons jusqu'à la Montagne des Mille Taureaux. C'étaient des bergers. Ils lui racontaient qu'ils vivaient alors sous des tentes de crin noir. Ils vantaient encore la magnificence de ces tentes à sept piliers.

Il termina son pain beurré dans le jardin aux grenadiers. Il se sentait le ventre bien plein. Il saisit son fusil, puis le remit à sa place. Des reflets bleuâtres s'allumèrent, s'éteignirent, flamboyèrent à nouveau dans la nacre de la crosse. Un long moment, il contempla l'arme, immobile, les mains à plat sur le sol à ses côtés, la tête légèrement penchée vers la droite. Le fusil étincela, s'éteignit à nouveau. Sa mère allait et venait dans la cour. Qu'elle était belle ! On aurait dit une petite jeune fille. Par contre, son père était très vieux, il avait la barbe et les cheveux tout blancs. Il s'en souvenait très bien, de son père... Sa mère avait les cheveux très, très longs, ils lui descendaient à la taille. Tout le monde le disait, sa mère était la plus belle femme de la Tchoukourova, la plus belle femme du monde peut-être. De tous les coins de la plaine, des gars venaient lui proposer le mariage. Mais sa mère éconduisait tous ses soupirants. Elle ne voulait pas se séparer de son fils unique. Car si jamais elle partait pour se marier, Hassan, lui, devrait rester au village. Ses oncles ne confieraient jamais Hassan à sa mère. Alors, elle ne se remariait pas, pour ne pas le quitter. Si elle se mariait et s'en allait vivre dans un autre village, elle ne reverrait plus Hassan, jamais plus.

Les eaux du Djeyhan avaient baissé, elles coulaient avec des scintillements argentés. Hassan poursuivait les martins-pêcheurs dans les ravines, du matin au soir, du soir au matin, il guettait leurs nids. Il s'était procuré des filets à mailles très fines, il les tendait devant les trous que les oiseaux creusaient dans les flancs des ravines, on aurait dit des tanières de serpents, et les martins-pêcheurs se retrouvaient prisonniers quand ils voulaient sortir de leurs nids. Ces oiseaux tout bleus, Hassan les enfermait dans des cages qu'il se fabriquait avec des calebasses. Il passait son temps à les contempler, le bleu des martins-pêcheurs, il ne le retrouvait nulle part ailleurs. Quand il pensait aux martins-pêcheurs que l'on appelle aussi les oiseaux de la pluie, Hassan se sentait plonger dans un rêve tout bleu, un bleu de plus en plus intense qui s'étalait autour de lui, qui le pénétrait tout entier, comme une ivresse.

Les hirondelles, ça ne se capture pas, Hassan était le seul à le faire, on n'avait jamais vu ça au village. Il se débrouillait pour en attraper cinq ou six par jour, il les attachait à une ficelle, ils les faisait voler ainsi, et le soir, mais pas toujours, il relâchait les hirondelles avec leur ficelle. Et puis, il nourrissait des aiglons dans une grotte de l'Anavarza.

Chaque jour, il quittait la maison, très tôt le matin, il ne rentrait qu'une fois le soir tombé, quand il faisait déjà sombre et que le village était désert. Toujours son fusil à la main, ce fusil à la crosse ornée de nacre, il ne s'en séparait jamais. Il était devenu le fléau de tous les oiseaux, de tous les serpents, de tous les insectes de l'Anavarza.

Et puis, il mourait d'envie de prendre la fuite. Une ou deux fois par semaine, il passait de l'autre côté des collines, il s'en allait jusqu'aux villages voisins, puis revenait sur ses pas, il ne savait pas trop pourquoi, peut-être parce qu'il avait peur. Il était même allé jusqu'à Farsak, au-dessus de Kozan, là-haut il était devenu copain avec un berger, puis il était rentré à la maison.

Il n'arrivait pas à se décider. Il n'était sûr que d'une chose : c'est qu'il ne devait pas rester au village. Ou alors, c'était à sa mère de partir. À vrai dire, c'était elle qui aurait dû s'en aller. Tout le monde la haïssait. Une haine pareille, étouffante, même lui la ressentait, oui, il ne pouvait plus respirer dans ce village, on ne peut tout de même pas se résigner à vivre dans une telle hostilité. Pour rien au monde. Personne n'adressait plus la parole à sa mère. Ni sa grand-mère, ni ses oncles, ni les femmes de ses oncles, personne dans la famille. Qu'est-ce qu'elle fichait encore au village ? Dire qu'elle était si belle, la plus belle femme de l'univers... Il était tout fier de savoir que si sa mère ne quittait pas le village, c'était à cause de lui. Les sentiments qu'elle lui inspirait étaient confus. Les gens disaient que le plus jeune de ses oncles l'avait demandée en mariage, mais qu'elle ne voulait pas de lui, elle s'entêtait à refuser...

Hassan était terriblement inquiet, tourmenté, voilà bien pourquoi il consacrait ses journées aux oiseaux et aux insectes. Il attendait en vain que quelqu'un lui vienne en aide, comme un homme qui se noie s'accroche à une branche, il ne pouvait parler à personne de ce qui se passait, on aurait pu le tuer qu'il n'aurait rien dit. Il se sentait cerné de toutes parts, assailli, quoi qu'il fît, où qu'il allât, incapable d'échapper à cet encerclement, il se débattait en vain, il n'arrivait pas à s'évader de ce cercle de fer dans lequel il se retrouvait prisonnier.

Les grottes, les aigles, les serpents, les insectes, c'était la fuite, chaque jour... Et puis, il n'avait pas d'ami. Les enfants du village l'évitaient, ou alors c'était peut-être lui qui les fuyait. Il y avait bien Salih, Salih qui ne parlait jamais. Cela valait peut-être mieux après tout. Hassan lui racontait des tas de choses, il parlait, parlait, étourdissait le pauvre garçon de son bavardage. Quelle chance pour lui d'avoir un copain qui l'écoutait sans paraître se lasser. S'il n'y avait pas eu Salih et s'il n'y avait pas eu l'extase dans laquelle le plongeait le spectacle des martins-pêcheurs bleus, des aigles qui tournoyaient dans le ciel, des crotales rampant sur les rochers, Hassan n'aurait certainement pas pu continuer à vivre.

On entendit tout d'abord un craquement dans la cour. Son père prêta l'oreille, la cuiller qu'il portait à sa bouche s'immobilisa, il se tourna vers sa femme qui baissa la tête. Hassan les observait tous les deux. Il vit remuer la main, les mâchoires de son père. Les craquements semblèrent se rapprocher, puis cessèrent soudain. C'était la nuit. Le père, la mère et l'enfant mangeaient, assis devant une natte étalée sur le sol. Il y avait de la soupe, un poulet rôti, du pilaf de gruau luisant de beurre. Hassan n'a jamais oublié le parfum de ce pilaf.

Une flamme étincela derrière la vitre, s'éteignit, s'alluma à nouveau. Les coups de feu, Hassan les entendit bien plus tard. C'est en tout cas le souvenir qu'il en a gardé. Les balles sifflèrent, assourdissantes. La natte, son père, sa mère, tout disparut sous un nuage de fumée. Il entendit hurler son père. Sa mère poussa un cri, un seul, puis ce fut le silence.

Quand la fumée se fut dissipée, quand Hassan fut revenu de sa stupeur, il entendit encore siffler des balles, au loin, dans les rochers de l'Anavarza, djivv... djivv... avec des échos qui n'en finissaient pas. Et du village, montaient des bruits confus, une sorte de brouhaha. Alors seulement il vit le sang. Son père s'était écroulé sur la natte. La tête dans le plat de pilaf. Il saignait très fort, le sang jaillissait de son corps comme d'une fontaine.

L'homme qui était entré dans la maison, Hassan ne se souvient plus que de ses yeux noirs, effarés, il avait saisi Esmé par la main, il l'avait entraînée, ils avaient disparu derrière le nuage de fumée. Hassan n'avait pas bougé. Les yeux fixés sur son père, il regardait couler le sang. Les balles sifflaient toujours dans les rochers de l'Anavarza, avec un vacarme assourdissant. Puis les villageois, hommes et femmes, envahirent la maison avec de grands cris. Quand il vit pleurer sa grand-mère, il comprit que le père était mort. Il devinait aussi que tout ce qui leur arrivait là, c'était à cause de sa mère. Jusqu'au matin, il se recroquevilla dans un coin de la pièce. Sans fermer l'œil. Il passa la nuit sans dormir, c'était la première fois que cela lui arrivait. Les gens entraient, sortaient, ils pleuraient, criaient, quelque part au loin des balles sifflaient, des clameurs s'élevaient, les flammes se succédaient, tantôt brèves, tantôt longues...

Le levant s'illuminait à peine. Ils vinrent jeter un cadavre sur la place du village. Les yeux du mort étaient ouverts, ils le regardaient avec le même effarement que la veille au soir. Ce mort, Hassan le connaissait. L'homme s'appelait Abbas. Il habitait très loin, au village d'où venait sa mère. À présent, il baignait dans son sang, au beau milieu du village. Ce fut la première fois que l'enfant aperçut les mouches vertes. Il ne les avait jamais remarquées jusque-là. Elles voletaient au-dessus du mort, silencieuses, bizarres, d'un vert aigu, acéré comme une lame de couteau. Hassan avait une peur terrible des couteaux. Il était incapable de poser les yeux sur un rasoir, cela lui donnait la nausée, un couteau tranchant, quelle horreur...

Ils avaient également ramené sa mère. Les oncles n'arrêtaient pas de la battre. Son visage était tuméfié, couvert de sang, tout comme son fichu blanc et ses cheveux. Sa robe était en lambeaux. Tous les gens du village, les hommes, les femmes, les enfants, lui lançaient des coups, crachaient sur elle. Tout d'abord, Hassan les regarda faire, puis brusquement, il ne sait plus comment, il se jeta sur eux. On lui raconta plus tard qu'il avait mordu la main de l'un de ses oncles, ses dents avaient pénétré jusqu'à l'os. Tout ce qu'il sait de cette nuit-là, c'est surtout ce qu'on lui en a raconté. Il était devenu comme fou, il frappait sans arrêt ceux qui battaient sa mère, il crachait sur ceux qui crachaient sur elle. L'aîné de ses oncles finit par le renverser d'un coup de pied. Et alors, cela aussi on le lui a raconté, sa mère qui s'était blottie dans un coin s'était levée d'un bond, elle s'était jetée devant son fils, elle qui n'avait pas ouvert la bouche depuis la veille, elle avait hurlé, ne touchez pas à mon enfant, puis elle s'était tournée vers la foule, en se redressant de toute sa taille :

— Je n'ai pas tué Halil, ce n'est pas moi qui ai tué votre frère !

Elle s'était approchée du cadavre, elle avait contemplé ses yeux noirs encore ouverts :

— Malheureux Abbas ! Pauvre Abbas, toi que je n'ai pas su apprécier à ta juste valeur ! avait-elle murmuré.

Puis elle était rentrée à la maison, sans regarder autour d'elle.

Des maisons avaient été incendiées, réduites en cendres. Il avait fait clair comme en plein jour, durant toute la nuit les flammes avaient illuminé les remparts de l'Anavarza.

Les gendarmes arrivèrent. Un officier leur donnait des ordres en faisant cliqueter ses bottes. Le docteur était venu lui aussi, il revêtit une blouse blanche au pied du mûrier. Le docteur avait des yeux mornes, le regard très froid. Là-bas, au pied du mûrier, ils ôtèrent les vêtements du mort, le docteur le découpa au-dessus d'une cuve de pierre, comme s'il s'était agi d'un mouton, puis il rassembla les morceaux avec une alène. Hassan avait envie de vomir.

L'un de ses oncles avait saisi Esmé par le bras, il cherchait à la rapprocher du cadavre, mais Esmé lui tenait tête, elle se refusait à le suivre.

— Viens putain, viens voir, criait l'oncle, viens donc voir le cadavre de l'homme à qui tu as fait assassiner mon frère, suis-moi, putain... Viens voir ton amant, ton maquereau, viens voir en quel état il est...

Il la traînait dans la poussière. Le capitaine et ses hommes contemplaient le spectacle sans intervenir. Sa mère n'ouvrait pas la bouche, elle s'obstinait à ne pas suivre son beau-frère.

Ils enterrèrent le père au milieu des lamentations, des chants funèbres. La grand-mère tomba malade. Elle fit venir ses trois fils à son chevet :

— L'assassin de Halil, ce n'est pas ce mécréant d'Abbas, leur dit-elle. C'est Esmé ! Allez venger le sang de votre frère ! Je ne pourrai peut-être jamais plus quitter ce lit, mais si vous ne faites pas payer à la coupable le tribut du sang de mon fils, puisse le lait dont je vous ai nourris vous étouffer en ce monde et en l'autre ! C'est Esmé qui a assassiné Halil !

C'est en prison que j'ai connu Hassan. Ils l'amenèrent en pleine nuit. Les détenus s'assemblèrent autour de lui :

– Dieu te délivre de tes peines ! lui dirent-ils à tour de rôle.

Lui était incapable de desserrer les dents, il avait les mâchoires crispées. Les prisonniers lui offrirent de l'eau, de la soupe. Mais il ne pouvait toujours pas ouvrir la bouche, ni pour manger, ni pour parler. Brusquement, sa tête retomba sur sa poitrine, il s'endormit malgré le vacarme.

Hassan avait pris la fuite après le meurtre. Il était allé se cacher dans les rochers de l'Anavarza. Les habitants du village s'étaient lancés à sa poursuite, les recherches avaient duré trois jours et trois nuits. Finalement, ce fut son chien qui le trahit. Ils l'avaient lâché dans l'Anavarza, et le chien avait retrouvé Hassan. L'enfant s'était caché dans un sarcophage du temps des Romains, il avait dû tirer de toutes ses forces sur le couvercle pour le rabattre, il était resté là trois jours et trois nuits sans oser en sortir. Mais son chien avait fini par l'y dénicher. Sinon, Dieu sait combien de temps Hassan aurait passé dans ce sarcophage...

L'un des gendarmes lui lança une gifle. Les gens l'observaient de loin, avec crainte. Dans tous les villages qu'ils traversaient, les paysans, hommes, femmes, enfants, s'alignaient au bord de la route pour le regarder passer. Comme une bête curieuse. Ils le contemplaient comme s'il s'était agi d'une créature étrange, terrifiante, maudite.

Et à la prison, maintenant, les gens avaient pour lui le même regard. Hassan n'avait pas prononcé un mot depuis la nuit de son arrivée. Ils avaient été nombreux ceux qui avaient cherché à engager la conversation avec lui, à lui donner des conseils. Mais Hassan ne remarquait rien. A croire qu'il n'était pas vraiment là. Il allait et venait dans la prison, le regard absent, son cœur et son esprit semblaient autre part, il n'était plus qu'une écorce vidée de son contenu. Il avait fini par accepter de la nourriture. Ses yeux étaient immenses dans son visage émacié, qui s'allongeait de plus en plus. Il avait le cou grêle et de grandes oreilles, sa peau était flasque. Ses vêtements flottaient sur son corps. Il ne demandait rien, il ne disait rien à personne, il ne posait jamais de questions. Matin et soir, sur un minuscule réchaud, il se faisait cuire une soupe qu'il avalait ensuite à grandes cuillerées, accroupi face au mur, en l'accompagnant d'une énorme miche de pain. Ses oncles, ses proches, les habitants du village venaient le voir tous les jours. Lui ne leur adressait jamais la parole, il se contentait de les écouter, il avait même l'air intéressé par ce qu'ils lui racontaient. Le jour où j'ai tenté pour la première fois de lui parler, il m'a lancé un drôle de regard, puis il a baissé les yeux et il s'est éloigné.

Chaque jour, on inventait une nouvelle histoire à son sujet. Dans les chambrées, tous les détenus s'estimaient obligés de raconter à tour de rôle ces variantes, de façon à se faire entendre de lui. L'enfant les écoutait, immobile, comme pétrifié, battant simplement des paupières, les yeux fixés sur le plancher, les lèvres pincées. Les pointes de ses oreilles gigantesques qui s'écartaient de sa tête, tendues comme des voiles, se recourbaient légèrement. Son visage d'un jaune sale changeait de couleur, se faisait encore plus livide.

Plus il se taisait, plus les détenus s'intéressaient à lui. Ils n'osaient pourtant pas insister, car l'histoire de l'enfant, ses regards, son attitude, sa mine grave les effrayaient. Et même les plus effrontés des détenus, ceux qui se plaisaient à faire le pitre, s'approchaient de lui avec respect, avec crainte. Seul, un sale type comme Lutfi venait parfois se planter devant le jeune garçon et l'insultait tant qu'il pouvait. Hassan demeurait indifférent. Il fixait l'homme qui continuait à débiter les pires injures, il ne le quittait pas des yeux. Sous le poids de ce regard, l'autre n'arrivait pas à terminer son discours, il s'en allait, pris de remords peut-être. Pourtant Lutfi était un homme d'une incroyable impudence, dépourvu de tout sentiment humain, sans foi, sans honneur, cynique, rien n'était sacré à ses yeux. Il se plaisait à afficher sa servilité pour mieux insulter ensuite son interlocuteur à la première occasion.

Au début, j'observais Hassan, je me demandais quelle serait sa réaction aux injures de Lutfi. Les premières fois, l'enfant se tut. Lutfi l'accablait d'insultes. Hassan ne le regardait pas, il fixait le sol, plongé dans ses réflexions.

– Tu n'es qu'un assassin, un ver de terre... Meurtrier, bâtard, fils de chien ! Tu n'es qu'un bâtard, ici tout le monde le sait, un bâtard ne doit jamais oublier qu'il n'est qu'un bâtard ! Mais on va te crever, bâtard ! Quel scandale de permettre à un type aux mains couvertes de sang de vivre un jour de plus ! Tu es moche, minable ! Un sale type, et le fils d'un sale type ! Minable, va ! Putois, couilles de cochon ! Ah si le gouvernement n'était pas assez bête pour te considérer comme un être humain, j'aurais vite fait de te tordre le cou, en te faisant sortir les yeux de leurs orbites, je te crèverais là sur-le-champ, et ta charogne, je la lancerais par-dessus le mur, dans la rue, pour que les chiens la bouffent. Ils te boufferaient avec plaisir, va ! Ils te boufferaient et ils te chieraient, et tu ne serais plus que de la merde de chien... Il ose se pavaner dans cette prison, fier d'avoir commis un crime, ce type-là s'imagine qu'il est devenu un assassin, honte à toi, chien galeux...

Lutfi délirait, l'écume à la bouche, il criait de toutes ses forces. Tous les détenus faisaient cercle autour d'eux, ils écoutaient les grossièretés de Lutfi. Hassan finit par frapper le sol du pied, deux fois, puis il tourna le dos et voulut s'éloigner, mais l'autre le rattrapa, vint à nouveau se planter devant lui. Les injures pleuvaient sur l'enfant.

Hassan transpirait, son visage se couvrit de sueur. Il redressa la tête vers Lutfi, et au même instant, sa main plongea dans sa poche. Nous autres, nous eûmes à peine le temps d'entrevoir un couteau à cran d'arrêt, Hassan s'était jeté sur Lutfi, qui arriva pourtant à lui échapper et à prendre la fuite. Hassan se mit à courir lui aussi. Combien de temps dura cette poursuite dans le préau, je ne saurais le dire. De temps en temps, Lutfi se retournait en implorant Hassan. Par deux fois, le couteau l'atteignit, sans pourtant traverser sa veste rapiécée. Lutfi se fatiguait, appelait au secours, suppliait l'enfant de l'épargner. Il put atteindre l'une des chambrées, s'y précipita, et dès qu'il eut tiré le verrou, il se remit à débiter des obscénités. Hassan attendit un bref instant devant la porte, puis il alla s'asseoir dans un coin du préau, le dos au mur, il n'avait pas refermé le couteau, il le contemplait avec colère.

Lutfi n'osa jamais plus s'approcher de lui...

Par la suite, certains des caïds de la prison voulurent se servir de Lutfi contre moi. Lui qui m'avait jusque-là témoigné une incroyable obséquiosité vint un jour me trouver. Persuadé qu'il allait comme toujours me demander un service, je lui tendis une cigarette.

— Seul un bâtard consentirait à fumer une cigarette offerte par un sale chien comme toi ! cria-t-il.

Je fus ahuri par cette réponse. Ceux qui espéraient la bagarre s'attendaient à ce que je me jette sur Lutfi dès que je me serais remis de ma stupeur. Mais Hassan se dressa entre nous :

— Ne le touche surtout pas, l'agha ! me dit-il. Je regrette de m'en être pris à ce salaud, tu ne peux pas t'abaisser à répondre à ce moins que rien !

C'était la première fois que je l'entendais parler.

A partir de ce jour-là, nous devînmes de bons amis. Je ne sais plus combien de mois nous passâmes encore dans cette prison, mais jusqu'à la fin, Hassan ne parla qu'avec moi, il continuait à n'adresser la parole à personne. Même quand Husséyine, le berger de buffles, lui faisait le marc de café. C'était toujours moi qui devais transmettre à l'enfant ce que le vieux, qui était l'un des anciens de la prison, voyait dans sa tasse. Hassan était-il satisfait des prévisions du berger, je n'en sais rien, il ne manifestait jamais ses sentiments.

J'aimais écouter parler Hassan. Nous nous installions à l'écart, lui parlait, moi j'écoutais. Hassan était méfiant, je le devinais sans cesse sur ses gardes, surveillant tous mes gestes en se demandant si je le prenais bien au sérieux. Je me contentais d'afficher l'indifférence, alors que je l'écoutais de tout mon cœur. L'enfant s'était efforcé des années durant à garder le silence et il était passé maître dans l'art de se taire, mais quand il pouvait se permettre de parler, quand il trouvait un interlocuteur à son goût, il n'arrêtait pas de bavarder.

Il n'avait peur de rien, Hassan. La mort à ses yeux, c'était quelque chose comme le jardin de l'Eden. Tout le monde l'avait compris. Personne n'avait cherché à lui reprendre son couteau. S'approcher d'un garçon aussi audacieux que lui, prêt à tout, ce n'est guère facile, que l'on soit gendarme ou criminel. Même si l'on est très courageux. Seuls les hommes qui avaient franchi les barrières de la vie, tout comme Hassan, qui vivaient déjà dans la mort, se sentaient à l'aise avec lui.

Grâce à Hassan, personne n'osait s'en prendre à moi. Si par mégarde un détenu me lançait une plaisanterie, même très anodine, il découvrait aussitôt, fixé sur lui, le regard lourd de haine de Hassan, il en perdait son aplomb et filait sans demander son reste.

S'il l'avait voulu, en dépit de son corps chétif, de son cou si frêle qu'il semblait sur le point de se rompre, parmi tous ces assassins, Hassan aurait pu devenir l'un des caïds de la prison.

Nous sommes restés amis, Hassan et moi, après notre sortie de prison. Nous avions été remis en liberté le même jour. Un mois plus tard, je suis allé lui rendre visite chez lui, au village, j'y suis resté une quinzaine de jours. Tout comme en prison, Hassan n'adressait la parole à personne. Ni à sa grand-mère, ni à ses oncles, ni à ses cousins. On eût cru qu'il s'était juré de ne plus parler avec personne.

— Si je ne t'avais pas rencontré, je ne serais plus un être humain, me disait-il parfois.

Notre amitié dura longtemps. Puis nous finîmes par nous perdre de vue.

Le deuil du père ne dura guère. Sa mère vaquait à ses affaires comme autrefois, comme si rien ne s'était passé. Les champs hérités du père étaient vastes, des hectares de terre à blé, à riz, à coton, dans la Tchoukourova. Il y avait aussi deux tracteurs, une batteuse, des égreneuses, un camion, des charrettes, des chevaux. Dès la mort de son mari, Esmé avait pris les affaires en main, avec autant d'autorité que de compétence. Elle savait lire et écrire, elle avait même terminé l'école communale. Très vite, elle prouva qu'elle n'avait nullement besoin de ses beaux-frères.

Un ou deux mois après la mort du père, la grand-mère fit appeler Hassan. Elle le serra très fort dans ses bras.

— Mon pauvre orphelin, lui disait-elle, en versant des larmes, malheureux enfant de mon fils infortuné !

De sa belle voix émouvante, elle entama une complainte. Ensuite seulement, elle tendit à l'enfant une paire de souliers vernis, c'était Moustafa, le cadet de ses oncles, qui les avait rapportés de Kozan, Moustafa aimait tant Hassan, tout comme il avait aimé son père, disait-elle, et il y avait aussi un beau costume bleu marine, enveloppé dans une belle toilette brodée, un cadeau de son oncle Ibrahim, il aimait tellement Hassan, lui aussi, Hassan lui était plus cher que sa propre vie ! L'enfant devait revêtir ce beau costume, mettre ces beaux souliers, sur-le-champ, pour que la grand-mère puisse l'admirer... Hassan s'empressa de le faire.

La grand-mère était vieille, mais elle était encore très belle. Grande et mince, avec un petit menton délicat, des yeux noirs en amande. Depuis le meurtre de son fils, personne ne l'avait vue sourire. Jour et nuit, elle errait dans le village comme une âme en peine, en psalmodiant des chants funèbres. Alors qu'elle avait été une femme si gaie, Hassan l'avait toujours connue souriante. Cela le gênait de la voir ainsi éplorée, d'entendre ses lamentations. On lui avait tué son fils, bien sûr, mais tout de même...

Hassan se fit beau. La grand-mère le contempla, son visage s'éclaira, elle sourit enfin. D'ailleurs, cette mine sombre, ces larmes ne lui seyaient guère, Hassan le lui dit. La vieille femme poussa un soupir.

– Ah mon petit, tu es tout ce qui me reste de Halil, maudit soit l'amour maternel ! lui répondit-elle. Son feu me consume le cœur. Maudit soit l'amour maternel ! Tant que mon fils ne sera pas vengé, je ne pourrai pas mourir en paix. Même si je mourais, je ne pourrais jamais reposer dans ma tombe, mes os y craqueraient avec bruit, mes yeux se refuseraient à se fermer. La femme qui a fait tuer mon fils, je l'ai sans cesse sous les yeux. Elle va, elle vient, elle vit, sa vue pèse sur mon cœur ! De plus, on raconte qu'elle se prépare à abandonner son enfant beau comme les roses pour se remarier. A force de faire la coquette, elle a causé la mort de mon fils. A présent, elle va faire mourir de chagrin mon petit-fils, si beau, si vaillant. On dit qu'elle va se remarier, sans même attendre que sèche la terre qui recouvre la tombe de mon fils. Alors moi, j'en ai discuté avec tes oncles, je leur ai dit, laissez-la se remarier, j'ai mon petit-fils, le fils de Halil, mon vaillant petit-fils, il sera aussi courageux que son père. D'ailleurs, il lui ressemble, oui, ce sera un brave comme Halil. Si sa mère se remariait, comment mon petit-fils, mon bel enfant aux yeux noirs, irait-il vivre chez son beau-père ? Comment mon petit-fils, mon Hassan bien-aimé, consentirait-il à vivre sous le joug d'un étranger ? Mon petit-fils n'accepterait jamais... Mon petit-fils s'en irait-il vivre dans l'humiliation, auprès d'une femme qui a causé la mort de son père, d'une femme qui va recevoir un étranger dans sa couche... Mon petit-fils...

Elle se remit à pleurer, à se lamenter, elle se jeta au cou de l'enfant. Quand elle l'autorisa à se retirer, Hassan s'en alla, bouleversé. Qu'avait voulu dire sa grand-mère ? Ces allusions qu'elle avait faites... Elle avait accusé sa mère d'avoir assassiné son père...

Quand il rentra à la maison, il trouva Esmé plus gaie que jamais. Elle donnait des ordres aux valets, toute souriante, elle discutait avec le conducteur du tracteur. Si insouciante. Hassan se sentait incapable de la regarder. Elle voulut l'embrasser, il la repoussa. Elle le trouva très beau avec son costume et ses souliers neufs. A nouveau, elle le prit dans ses bras. Lui se sentait de glace. Il avait la chair de poule quand elle le touchait. Esmé ne tarda pas à remarquer l'attitude de son fils, elle le regarda un long moment, puis soupira :

– Oh mon Dieu ! Oh mon Dieu, Hassan ! murmura-t-elle.

Son visage était blême comme celui d'un cadavre.

L'oncle Moustafa vint apporter un fusil à Hassan. Un très beau fusil, à la crosse incrustée de nacre, une arme très ancienne.

– Ce fusil est à toi, Hassan. C'est celui de ton grand-père. Il nous l'a recommandé sur son lit de mort, il nous a dit, ce fusil, vous le donnerez à celui de mes descendants qui, le premier, aura l'occasion de venger l'honneur de notre famille. Hassan, tu pourras aller à la chasse avec ce fusil, tu pourras aussi, si tu le désires, tirer vengeance de nos ennemis. Suis-moi, je veux te voir utiliser ce fusil pour la première fois...

Ils descendirent à la pointe de l'Anavarza, atteignirent la rive du Djeyhan. Moustafa introduisit une cartouche dans la culasse :

– Tiens, prends-le, Hassan, et vise-moi cette pierre. On va voir si tu arrives à la toucher.

Ces beaux vêtements, ces souliers neufs, ce fusil à la poignée, non, cela s'appelait une crosse, tout incrustée de nacre, Hassan était fou de joie. Les attentions de ses oncles le surprenaient. Eux qui regardaient sa mère avec des yeux pleins de haine. Ils auraient même évité de poser le regard sur elle s'ils avaient pu, mais... Et sa grand-mère qui se refusait même à prononcer son nom...

Hassan s'empara du fusil, redressa le canon, une petite fumée s'éleva tout près de la pierre blanche. Son oncle lui tendait des cartouches, l'une après l'autre. Hassan finit par atteindre l'extrémité de la pierre. Alors, l'oncle Moustafa défit la cartouchière qu'il portait à la taille et la lui tendit :

– Prends ça. Tu sauras un jour toucher tout ce que tu voudras. Il faut que tu l'utilises souvent, ce fusil. T'entraîner tant que tu pourras, pour te faire la main. Pour devenir un bon tireur, il faut tout d'abord gaspiller beaucoup de munitions.

Hassan était heureux, son fusil était si beau ! Il tirait sans arrêt. De la fumée montait des pierres. Comme ils étaient beaux, les échos des coups de feu dans les rochers de l'Anavarza !

– Tu peux utiliser autant de cartouches que tu voudras, l'armurier à Kozan t'en fournira. D'ailleurs, quand il ne t'en restera plus, tu n'auras qu'à me le dire, j'en commanderai pour toi. Quand tu seras devenu un bon chasseur, tu me rapporteras des perdrix, des râles d'eau. Il ne faudra pas oublier ton oncle, le jour où tu seras devenu capable de tuer un lièvre !

Hassan était éperdu d'admiration devant son beau fusil et la cartouchière brodée de fils de soie et d'or, où figuraient toutes sortes de bêtes : des loups, des chacals, des canards sauvages, des francolins. On y voyait se cabrer de tout petits chevaux, des cerfs aux énormes ramures et des gazelles y couraient, tendus comme s'ils avaient des ailes. Il y avait aussi un petit garçon souriant qui ressemblait à Hassan.

Ils rentrèrent tard à la maison. Hassan était fou de joie, il sauta au cou de sa mère, se serra contre elle. Ce n'était plus l'enfant qui était revenu si inquiet de chez sa grand-mère, il avait tout oublié. Esmé cherchait à partager son entrain. Les oncles commençaient donc à s'intéresser à l'enfant. Mais de sombres pressentiments l'envahissaient, son inquiétude devenait de plus en plus douloureuse. Hassan devina sa peine, il ressentit de la pitié pour elle et courut à nouveau l'embrasser :

— Moustafa, mets-toi à table, tu vas dîner avec nous, dit la mère.

L'oncle ne lui répondit pas, il se contenta de refuser d'un signe de tête et s'en alla.

— Que t'a raconté ton oncle ? demanda Esmé.

— Rien du tout.

— Et ta grand-mère ? Elle ne t'a rien dit, ta grand-mère ?

— Rien du tout, répéta Hassan en détournant les yeux.

Cette nuit-là, Hassan dormit avec son fusil et sa cartouchière. Dès les premières lueurs de l'aube, il fila vers l'Anavarza. Les rochers résonnèrent jusqu'au soir des échos de son fusil. Les gens au village apprirent très vite que c'était Hassan qui faisait tout ce bruit.

Quinze jours plus tard, il rentra un soir chez lui en brandissant un énorme lièvre. Sa mère en fit du civet et invita les oncles à partager la première chasse de son fils. Ils acceptèrent l'invitation, avec leurs femmes et leurs enfants. Seule, la grand-mère ne vint pas.

Et quelques jours plus tard, l'oncle Ibrahim offrit à l'enfant un cheval arabe de trois ans, presque un poulain encore. Hassan en fut fou de joie, tout comme le jour où il avait eu son fusil. Il en perdit le sommeil durant quelques jours.

Les camions passaient au loin en soulevant des nuages de poussière qui se balançaient un long moment au-dessus de la route. Des tracteurs grondaient dans les champs. Accroupis devant leurs huttes, les journaliers égrenaient les cocons, les amas de coton s'alignaient, tout blancs, sur la plaine. Dans les champs où les chaumes avaient jauni, les cigognes tendaient leurs longs cous et leurs becs rouges, elles allaient et venaient en se balançant sur leurs pattes. Hassan marchait le long de la rivière, agité par des pensées confuses. Il ne réfléchissait peut-être même pas, il rêvait. Les ombres des nuages glissaient, prestes, sur le sol devant lui et s'en allaient vers les montagnes du Taurus, violettes. L'eau de la rivière était calme, recouverte d'une croûte de poussière et de brins de paille.

Le cou de Hassan s'était allongé, plissé comme un cou de vieillard. Il se parlait à haute voix. Il rêvait. Ses rêves étaient sans suite. Quelqu'un lui chuchotait des choses. Un des villageois peut-être, ou sa grand-mère, ou la vieille Zala, ou la jeune Elif. Il ne savait plus. Les gens parlaient sans arrêt, dès que l'un se taisait, un autre prenait la parole. Tout allait si vite... Et lui écoutait, tout autour de lui, il tendait l'oreille. Il passait son temps à écouter.

Abbas s'était lancé à la poursuite d'Esmé. Il la trouva, revint la voir. Esmé le supplia de s'en aller, tu as fait de la prison à cause de moi, Abbas, tout est fini entre nous, va-t'en, lui répétait-elle. Mais Abbas ne partait pas. Ils se regardaient. On va nous voir, Abbas, reviens demain, dit Esmé. Abbas finit par s'en aller. Il avait un mauser tout neuf à la main. Des cartouchières s'entrecroisaient sur sa poitrine. Abbas, va te cacher dans la montagne, disait Esmé. Abbas s'en alla dans la montagne. La passion que lui inspirait Esmé lui faisait perdre la tête. Tout comme Esmé était folle de lui. Abbas s'en alla donc dans la montagne. Et Esmé n'alla pas l'y rejoindre. Alors, le lendemain, Abbas revint au village, il s'arrêta à l'ombre du mûrier, il se planta là, très grand, très raide, il attendait. Le clair de lune étincelait. Esmé sortit de la maison. Son mari dormait. Elle courut vers Abbas. Va-t'en, Abbas, lui dit-elle, mon enfant n'a que sept ans, aie pitié de moi, ils vont nous tuer tous les deux. Mais Abbas ne partait pas. Il continuait à attendre au pied du mûrier, dans l'ombre, au creux du clair de lune. Il se taisait. Son fusil à l'épaule. Ils nous tueront, va-t'en, répétait Esmé. Mais Abbas continuait à se taire et à attendre.

Il s'était évadé de prison. Esmé l'avait appris avant même de le revoir.

Autrefois, Abbas avait demandé Esmé en mariage. On ne la lui avait pas accordée. A cause d'Esmé, Abbas avait tiré sur trois hommes, tous les trois en étaient restés infirmes. Abbas fut frappé d'une lourde peine de prison, on l'expédia très loin, à la prison de Diyarbakir. Halil était tombé amoureux d'Esmé, lui aussi. Mais elle ne voulait pas de lui. Une nuit, suivi de six hommes, il vint l'enlever, il la ligota, il tenta de la violer. En vain. Une semaine plus tard, il lui fit boire un sirop où il avait mis de l'opium, et arriva à ses fins. Quand Esmé reprit conscience, elle comprit ce qui s'était passé. Elle fut prise de vertiges et de nausées. Elle avait très honte. Elle saignait sans arrêt. Halil l'emmena au village, chez lui, il fit aussitôt venir un imam pour la cérémonie religieuse, et le mariage civil fut célébré le même jour.

Durant toute une année, Esmé ne parla avec personne, ni avec son mari, ni avec les gens au village. Par trois fois, elle tenta de fuir, en pleine nuit, mais Halil la retrouva sur les routes et la ramena à la maison. Il ne sortira rien de bon de cette putain, répétait la mère de Halil, laisse-la retourner chez elle, il va t'arriver malheur à cause de cette traînée... Mais Halil se contentait de sourire. On ne peut forcer personne à vous aimer, Halil mon enfant, il faut croire à ce que te dit ta mère, disait la vieille femme, il y a déjà un homme en prison à cause de cette putain...

Esmé finit par parler. Elle semblait avoir oublié ses malheurs. Ce n'était plus la femme qui avait su garder le silence durant toute une année, qui devenait de glace quand son mari entrait dans son lit, la naissance de son fils l'avait transformée. Elle ne pensait plus qu'à l'enfant, rien d'autre ne l'intéressait. A présent, elle riait, plaisantait, les gens s'étaient mis à l'aimer au village. Elle aidait tout le monde, veillait les malades, soignait les invalides. Au moindre souci, c'était à elle que les gens s'adressaient.

L'enfant grandit.

Mais voilà qu'Abbas était revenu, voilà qu'il s'était évadé de prison. Il était célèbre dans la région, à cause d'Esmé, à cause de la passion qu'il nourrissait pour elle. Dans la plaine de l'Anavarza, on ne parlait plus que de cet amour, on avait fait des chansons à ce sujet, qui se chantaient même au village. Va-t'en, Abbas, dit Esmé, et ne reviens plus ici si tu m'aimes, si ton amour pour moi est sincère. Mais Abbas resta jusqu'au matin au pied du mûrier. Et Esmé ne le quitta pas de toute la nuit. Au point du jour seulement, Abbas se décida à s'en aller. Il se dirigea vers les rochers de l'Anavarza, et Esmé le regarda s'éloigner, dressée sur la pointe des pieds, jusqu'à ce qu'il eût disparu.

Personne ne vit Abbas durant un mois. Chaque nuit, Esmé l'attendit jusqu'au matin. Mais Abbas ne venait pas. Et puis une nuit, avant l'aube, Esmé sentit son cœur bondir dans sa poitrine. Elle dévala l'escalier en toute hâte, va-t'en, Abbas, attends-moi dans l'Anavarza, je te rejoindrai là-bas. Et Abbas s'en alla sans lui dire un mot. Esmé se dressa sur la pointe des pieds pour mieux le voir s'éloigner, jusqu'au bout du chemin. Au point du jour, elle se mit en route, elle s'était noué un baluchon à la taille, avec des provisions. Personne ne la vit prendre la direction de l'Anavarza.

Cela dura un ou deux mois. Esmé allait chaque jour retrouver Abbas, qui se cachait dans une grotte de l'Anavarza. Mais un jour Halil la vit sortir du village, il chercha à la suivre, il ne réussit pas à découvrir leur cachette. Abbas l'aperçut et voulut le tuer. Esmé l'en empêcha. Et puis un beau matin, les gendarmes cernèrent les rochers de l'Anavarza. Abbas se battit, il leur tint tête durant un jour et une nuit. Les gendarmes finirent par le capturer, ils lui passèrent les menottes et l'emmenèrent au poste. Abbas réussit à leur échapper. Il retourna à l'Anavarza. Chaque nuit, il venait attendre Esmé au pied du mûrier. Sa longue silhouette se dressait sous l'arbre. Même l'enfant put le voir. Sa mère s'était approchée de l'homme, qui l'avait prise dans ses bras...

Une fois de plus, les balles sifflèrent dans les rochers de l'Anavarza. Il y eut deux blessés parmi les gendarmes. Halil fut touché lui aussi. Le Chirurgien Kurde vint panser ses blessures. C'était un homme aux yeux noirs, au long visage toujours souriant. Ce sont là des choses qui arrivent, disait-il.

Et puis, voilà, un soir, avant l'heure de la dernière prière, le coup de feu claqua. Halil, Esmé, Hassan étaient en train de manger. Un éclair traversa la fenêtre, le coup de feu retentit dans le silence de la nuit, il y eut un cri, un nuage flotta dans la pièce, Halil s'était écroulé, le visage sur la natte. Il saignait. Tout sentait la poudre.

Et puis, les autres avaient ramené de l'Anavarza

le cadavre d'Abbas. Plus tard, ils allèrent le jeter à l'extérieur du village, les chiens l'avaient déchiqueté...

Esmé n'avait pas abandonné aux chiens le cadavre d'Abbas, elle s'était mise en route, en pleine nuit, suivie d'un seul valet, elle avait arraché le mort aux crocs des chiens, aidée par le valet, elle l'avait transporté là-haut dans l'Anavarza, ils avaient creusé une tombe au sommet de la colline, une fosse profonde, cela leur avait pris toute la nuit. Esmé y avait enterré Abbas.

Cela se sut très vite au village, et le tollé fut général. L'oncle Moustafa se jeta sur Esmé pour la fouler aux pieds. Putain, tu as causé la mort de mon frère, je ne te laisserai pas en vie, garce, où as-tu caché la charogne de ce chien, tu vas me le rendre, criait-il, ou je te crève ! Mais Esmé gardait le silence.

Les autres aussi criaient d'une seule voix, hommes, femmes, enfants, vieux et jeunes, ils accablaient Esmé d'insultes. Et puis, tous les villageois, les oncles et la grand-mère à leur tête, parcoururent l'Anavarza, pendant des jours, pour y découvrir la tombe d'Abbas. Ils ne la retrouvèrent pas. Esmé, elle, s'obstinait à se taire.

Un chien vint s'arrêter à côté de lui en tirant la langue, elle était très rouge. L'eau était calme, morte, couverte d'une couche de poussière, de feuilles, de brins de paille, on aurait dit qu'elle ne coulait plus. Brusquement, elle surgit devant lui, le visage fripé, les lèvres plissées. Une longue femme très mince au menton obstiné. Depuis la mort de son fils, elle se coiffait d'un fichu noir qui laissait transparaître l'éclat rougeâtre de ses cheveux teints au henné. Elle s'appuyait sur un jonc. Elle vint s'asseoir à côté de lui.

Au loin, une brume cuivrée s'élevait du Mont Duldul, l'air sentait la bardane. La chaleur cascadait des rochers de l'Anavarza, jusque dans la rivière dont l'eau semblait se balancer dans une vapeur argentée ; elle étincelait au loin, comme une route très ancienne, suspendue dans l'air, abandonnée.

Hassan ne la regardait pas. Mais quand elle parlait, il pouvait voir tout de même la seule dent jaunâtre, noircie, qui lui restait à l'avant de sa mâchoire. Son visage était sombre. Elle avait noué autour de sa taille, si frêle qu'elle semblait sur le point de se rompre, une ceinture de soie dont les franges bleues et vertes lui retombaient aux genoux. La grand-mère portait ce genre de ceinture depuis sa jeunesse. Elle n'y avait pas renoncé même à la mort de son fils, quand elle s'était entièrement vêtue de noir. Et elle s'en irait dans la tombe avec une de ces ceintures. Elle l'avait sans doute recommandé à ses fils. Six mois s'étaient écoulés depuis le meurtre d'Abbas, pourtant elle continuait à chercher son cadavre dans les rochers de l'Anavarza, ce cadavre que sa putain de bru avait si bien caché. Mais elle réussirait à le retrouver et elle le ferait dévorer par les chiens du village, oui, elle finirait par le retrouver et elle le donnerait en pâture aux aigles. Elle distribuait de l'argent aux enfants du village pour qu'ils continuent les recherches, elle ne vivait plus que dans l'espoir de les voir couronnées de succès. Pour ce qui était de ses fils, ce n'étaient tous que des bons à rien...

— Eh oui, mon lion, oui, mon vaillant Hassan, pour ce qui est de la bravoure, ton père n'avait pas son pareil dans la Tchoukourova. Si ton oncle Moustafa avait été tué, au lieu de ton père, ou ton oncle Ibrahim, et si ton père avait été en vie, mon cher, mon vaillant Halil, ton père, eh bien, tu aurais vu alors ce qui se serait passé ! Ton père l'aurait vite supprimée, et pas seulement elle, hein, il aurait exterminé ses parents et ses proches, son clan tout entier. Mais tes oncles ne sont que des bons à rien. Le jour même de la mort de ton père, s'ils avaient été des hommes, des vrais, ils l'auraient emmenée en la traînant par les cheveux, jusqu'à la tombe de Halil, ils lui auraient tranché la gorge, avec un rasoir à la lame acérée... Il l'auraient coupée en deux, oui, la tête d'un côté, le corps de l'autre ! Et cette femme, la mère de mon petit-fils, ta soi-disant mère, ne serait plus là pour me narguer ! Ah si ton père était en vie, s'il voyait ta mère se conduire comme elle le fait ! Il aurait jeté sa charogne aux chiens et aux aigles. Ton père, il n'y en avait pas deux comme lui. Il ressemblait aux aigles de l'Anavarza. Dieu maudisse tes oncles, ce ne sont pas des hommes ! Ah mon petit Hassan, si tu étais grand, si tu savais te servir d'un fusil, ta putain de mère, tu la... Toi, tu es le fils de mon cher Halil, Halil qui était semblable aux aigles des Mille Taureaux, aux faucons du Mont Duldul ! A l'épervier du Mont Aladag ! Ah mon Halil bien-aimé, ah...

Hassan l'écoutait, le regard vide, le visage dénué d'expression, immobile, les yeux fixés sur l'eau couverte de poussière de la rivière. Un papillon volait, noir et bleu, énorme, de la taille d'un oiseau, il descendait jusqu'à la rivière, et à nouveau, s'élevait, rapide. Hassan suivait du regard le papillon, il baissait, levait les yeux selon les mouvements de l'insecte. Puis, il y eut plusieurs papillons au-dessus de l'eau, ils prirent leur vol vers un buisson aux fleurs bleues, les énormes papillons venaient se poser sur le buisson qui devint entièrement bleu, de tous les tons du bleu, du plus pur au plus chatoyant, du plus clair au plus sombre.

La grand-mère pleurait. Elle se leva pour entonner un chant funèbre. Halil bien-aimé, Halil Bey, disait-elle, ton fils est courageux, mais ce n'est qu'un enfant, oui, tu as bien un fils, mais il est haut comme trois pommes, ceux qui ont causé ta mort vivent dans ta maison, aux côtés de ton enfant, dans ta belle maison de maître, ils vivent de ton pain, de tes biens, ils foulent ta tombe aux pieds ! Moi, je suis une mère, une mère, comment pourrais-je supporter cette douleur... Moi qui suis une mère...

Elle se mit en marche vers l'Anavarza. Les échos de sa voix résonnaient dans les rochers. Elle les atteignit, s'assit sur une pierre. Le soleil baissait dans le ciel. Elle avait repris son chant, de toute son âme. La gorge de Hassan se noua.

— Celle qui t'a tué, disait la grand-mère, celle qui t'a tué va bientôt se remarier. Ô mon fils si vaillant, celle qui a causé ta mort va recevoir un minable dans sa couche. Je n'ai personne pour venger ta mort, j'ai bien un petit-fils, ton fils à toi, mais il est encore tout petit... Sinon, il aurait déjà vengé ton sang, il ne permettrait à personne de s'introduire dans ton lit ! Oui, un autre va pénétrer dans ta couche, il va serrer dans ses bras la femme que tu aimais, celle qui t'a tué. Alors que ton corps retombe en pourriture, eux prendront leur plaisir, là même où a coulé ton sang ! Tes frères ne sont pas des hommes, ils n'ont pas été capables de tuer cette femelle ! Halil, mon Halil bien-aimé, mon vaillant Halil, disait-elle encore, ton fils porte à la main un fusil à la crosse incrustée de nacre, ton fils monte des coursiers arabes. Ton fils porte à la taille un poignard à la poignée ornée d'argent ! Quel dommage, quelle pitié, ton fils n'est encore qu'un enfant... Il n'a pas la force de redresser son fusil, le pauvret, il est incapable de tuer une femme ! Même pas une fourmi, le pauvre enfant...

Ses lamentations se heurtaient aux rochers, y éveillaient des échos, elles se répandaient dans la plaine en bas...

Il ne rentra à la maison qu'à la tombée de la nuit. Sa mère lui servit son repas, il ne put rien manger. Elle lui parla, lui était incapable d'ouvrir la bouche, de lever les yeux sur sa mère. Il ne dormit pas de la nuit.

Son attitude intriguait Esmé. Elle cherchait à le faire parler, elle le serrait entre ses bras, le couvrait de baisers.

Un jour, il surprit une conversation entre sa mère et son oncle Moustafa. Ils ne se doutaient pas de sa présence.

— Je sais bien que tu n'es pas fautive, sœur ! disait Moustafa. Mais il ne faut pas rester ici, va-t'en ! Ils vont t'assassiner, sœur ! Ma mère ne m'adresse plus la parole, parce que je me refuse à te tuer. Ibrahim, lui, voudrait bien le faire, mais il n'ose pas, il a peur de moi. Ma mère ne te laissera jamais vivre en paix dans cette maison. Va-t'en, ma sœur ! Au diable l'argent, renonce à tes biens. Et à ton fils. Je t'avertis, le sang va couler. Je ne peux rien faire pour te venir en aide. Tout le monde au village, et même dans toute la contrée de l'Anavarza, te tient pour responsable du meurtre de Halil. Et tant que tu resteras ici... Même moi, ma sœur, je peux finir par te tuer, même moi ! Va-t'en, si tu veux avoir la vie sauve. Il ne faut pas que le sang coule à nouveau dans cette maison. Nous ne pourrons jamais tenir le coup, Esmé. A supposer que je ne te tue pas moi-même, mes fils te tueront un jour. Ibrahim te tuera, et même s'il ne le fait pas, les frères de ma mère, ou leurs enfants, finiront par te tuer ! Tu portes déjà au cou l'édit qui te condamne à mort ! A supposer qu'ils ne te tuent pas, eux, ma mère te fera tuer par ton propre fils !

— Je suis prête à partir, dit Esmé d'une voix calme, presque indifférente, mais donnez-moi mon fils. Le reste, l'argent et les terres, je vous les laisse. Je retournerai à la maison de mon père. Donnez-moi mon fils. Je ne vous demande rien d'autre.

— Mais c'est impossible ! dit Moustafa. Ce n'est pas faisable ! Tu ne peux pas emmener Hassan.

— Dans ce cas, je ne partirai pas, déclara Esmé. Je

ne peux pas partir sans emmener mon fils avec moi. Je ne peux pas le quitter.

– Tu ne peux pas emmener Hassan. Si tu pars, tu partiras seule. Jamais ils ne te donneront Hassan. Ce que je te dis là, moi, c'est parce que j'ai pitié de toi. Tu n'es pas fautive, mais ils vont te tuer. Tu n'en as plus pour longtemps à vivre.

– Je ne peux pas m'en aller sans mon fils, répéta Esmé.

– Ce sera comme tu voudras, tu vas donc mourir, dit Moustafa. Mais c'est bien triste, tu es encore si jeune.

– Je ne partirai pas, je ne m'en irai jamais sans emmener mon fils avec moi, répéta Esmé. Je ne peux pas ! Je n'ai que lui au monde !

– C'était pour te prévenir, dit Moustafa. Tu n'en as plus pour longtemps à vivre ici, c'est que nous autres, nous avons honte de nous montrer aux gens, à cause de toi. Rien de plus facile pour nous que de te tuer, tu es tout de même responsable de la mort de notre frère, et tant que nous te permettrons de vivre, tout le monde nous méprisera. Jusqu'aux chiens qui nous mépriseront !

– Par pitié, l'agha ! Il m'est impossible de partir en abandonnant Hassan. Et si je dois mourir, je préfère mourir près de lui. Je préfère mourir près de mon fils, plutôt que de vivre sans lui !

Moustafa se leva. Il était grand, il avait les épaules

très larges et un long visage. Ses yeux étaient injectés de sang. Hassan eut très peur. Son oncle se rapprochait de lui, il semblait encore plus immense dans la nuit. Ils allaient tuer sa mère, il le savait. Mais l'oncle Moustafa voulait la sauver. Hassan l'en aima encore plus.

A partir de ce jour-là, un drôle de silence régna à la maison comme au village. Personne ne faisait plus allusion à l'Esmé. Ni sa grand-mère, ni la vieille Zala. Depuis la mort de son père, c'était la première fois que personne ne parlait plus de sa mère au village.

Ce silence dura une dizaine de jours peut-être. Esmé ne dormait plus, elle passait ses nuits à peigner ses longs cheveux, elle réfléchissait, elle avait peur. C'est avec terreur qu'elle allait et venait dans la maison. Elle était devenue l'image même de la crainte.

Une nuit, trois hommes enfoncèrent la porte à coups de pied, ils se mirent à tirer, tous les trois à la fois. Mais Esmé n'était pas là. Avec leurs lampes de poche, ils cherchèrent partout, ils faisaient pleuvoir les balles sur les lits. Hassan s'était blotti dans un coin de la chambre, pétrifié de terreur, il n'osait plus bouger. L'un des hommes lui lança un coup de pied :

– Tu es sorti du ventre d'une putain, misérable, d'une putain qui a fait assassiner ton père !

Il continuait à lui lancer des coups de pied, de toute sa force :

— Où s'est-elle enfuie, ta putain de mère ?

Hassan gardait le silence.

— Ta garce de mère sera tuée, même si elle se cache sous l'aile de l'oiseau, ou dans le gîte du serpent ! Et même si elle m'échappe aujourd'hui, je finirai bien par la retrouver un jour, et quand je l'aurai retrouvée, je la mettrai en pièces ! Je ferai payer à cette putain le tribut du sang de mon neveu ! Tant qu'elle restera en vie, mon neveu ne connaîtra pas la paix dans sa tombe !

Hassan ne lui répondait pas. Il avait deviné qui étaient ces hommes, il s'agissait certainement des frères et des neveux de sa grand-mère, qui habitaient dans un lointain village de la montagne. Des hommes cruels, sanguinaires.

Ils fouillèrent partout dans la maison sans retrouver Esmé. A chaque fois qu'ils passaient près de l'enfant, ils lui décochaient de terribles coups de pied.

— Est-ce un être humain, ça ? Cette créature qui vit aux côtés de la meurtrière de son père ! Quelle race, pire que des cochons ! crièrent-ils, et ils s'en allèrent.

Esmé les avait entendus entrer dans la cour, elle s'était silencieusement glissée hors du village pour courir au poste de gendarmerie. Au matin seulement, elle revint, suivie d'une dizaine de gendarmes. Ils ne découvrirent personne. Esmé déposa une plainte au Parquet.

— Mes beaux-frères vont m'assassiner, disait-elle dans sa requête. Si je suis tuée, sachez que les coupables sont mes beaux-frères. Mon assassin sera Ali, le frère de mon mari !

On apprit bien vite dans le pays qu'elle avait dénoncé ses propres beaux-frères.

— De toute façon, elle mourra, dit la grand-mère, elle mourra avant moi. Même si elle se réfugiait dans un coffre de fer...

Esmé le savait, elle aussi. Tôt ou tard, elle serait assassinée. Terrifiée, elle passait ses nuits à coiffer ses longs cheveux.

Moustafa revint la voir, à plusieurs reprises. Toujours en pleine nuit, en cachette des autres. Il l'implorait :

— Ne nous oblige pas à nous souiller les mains de ton sang, lui disait-il. On en a déjà versé tellement dans ce village, nous finirons par nous noyer dans le sang, va-t'en, sœur, va-t'en ! Ne nous oblige pas à nous souiller les mains de ton sang ! Tant que tu restes en vie, c'est pire que si nous étions morts, nous autres ! Tu as fait tuer notre frère par ton amant, sous nos yeux ! Je t'en supplie, sœur, va-t'en !

Mais Esmé le bravait :

— Tuez-moi ! Je n'irai nulle part sans mon fils ! Je ne m'en irai pas !

— On ne te le laissera jamais ! Tu vas partir seule, Esmé ma sœur !

— Je ne peux pas, répétait Esmé.

Une nuit, alors qu'Esmé, assise sur son lit, peignait ses longs cheveux, elle lâcha soudain son peigne et se tourna vers Hassan. Leurs regards se croisèrent. Alors, Esmé bondit, courut ouvrir son coffre à trousseau, d'où monta une bonne odeur de pomme sauvage. La voyant préparer un baluchon, Hassan s'habilla rapidement, sans mot dire. Ils se mirent en route, toujours en silence. Hassan avait pris son fusil.

A l'aube, ils arrivèrent à Bozkouyou. La forêt ne commençait qu'à Dikenli. Il s'agissait de l'atteindre au plus tôt, ils pourraient s'y cacher, personne ne saurait les y retrouver. Mais les alentours de Bozkouyou étaient désertiques, ils se trouvaient dans le creux d'une cuvette, exposés à tous les regards.

Des cavaliers surgirent derrière eux, dans un nuage de poussière. Esmé et Hassan se glissèrent dans un vallon pour s'y cacher derrière des buissons. Mais les cavaliers eurent vite fait de les y retrouver. Moustafa était parmi eux. Il saisit l'enfant, le fit asseoir en croupe. Hassan ne protesta pas.

— Adieu, Esmé ! cria Moustafa. A présent, tu peux t'en aller là où il te plaira !

Ils fouettèrent leurs chevaux et s'éloignèrent.

Hassan était épuisé, il s'endormit en route. Il s'éveilla à grand-peine quand ils atteignirent le village. Il gravit les escaliers en titubant et finit par s'écrouler sur le palier.

Le lendemain matin, il se réveilla de bonne heure. Sa grand-mère avait repris son chant funèbre ; d'une voix plaintive, elle faisait pleuvoir les malédictions sur la femme qui avait causé la mort de son fils. Soudain, il entendit des cris :

— Elle est rentrée ! Elle est revenue à cause de son fils !

Il courut à la maison, de l'autre côté de la cour. Esmé le serra dans ses bras, folle de joie. Lui n'osait toujours pas la regarder. De la grande maison, s'élevaient les lamentations et les malédictions de la grand-mère. On aurait dit des hurlements.

Ensuite... Ensuite, le calme régna à nouveau sur le village, durant une longue période. Personne n'adressait la parole à Esmé, personne ne lui lançait même un regard. A croire qu'il n'y avait personne du nom d'Esmé au village. Qu'elle n'y avait jamais vécu.

Pourtant Hassan n'avait pas retrouvé la paix. Sans cesse et partout, sa grand-mère se dressait sur son chemin, il devait affronter ses imprécations et ses lamentations, son affection aussi. Et puis, les gens du village, jeunes et vieux, parlaient sans cesse de son père, de sa mère qui n'était qu'une meurtrière, de la grand-mère plongée dans l'affliction, ils s'arrangeaient pour en discuter devant l'enfant.

Le village était plongé dans le sommeil. Un coq chanta, trois fois, puis il se tut. Un chien hurlait à la mort, sans arrêt, comme pris de folie. Esmé en avait la chair de poule. Ces hurlements l'épouvantaient, elle se murmurait des prières pour se rassurer.

Hassan parla dans le noir. La pièce était si sombre qu'il ne distinguait même pas la silhouette de sa mère. S'il avait pu discerner le moindre de ses mouvements, il n'aurait pas pu parler, il le savait bien.

– Nous allons nous mettre en route cette nuit même. Je ne sais pas où nous irons, mais il faudra passer par un autre chemin que la dernière fois. S'ils se mettent à notre recherche et s'ils nous retrouvent, je me cacherai quelque part. Dans un buisson. Ils finiront bien par repartir. Alors seulement je viendrai te retrouver, et nous partirons tous les deux. Tu veux bien ?

– C'est ce que nous allons faire, dit sa mère.

Leurs baluchons étaient prêts. Ils se mirent aussitôt en route. Au lever du soleil, ils entendirent un bruit de sabots au loin. Cinq cavaliers avançaient sur la route, au grand galop. Hassan courut se cacher entre des ajoncs. Esmé continua à marcher. Les cavaliers la rattrapèrent bien vite.

— Où est Hassan ? lui demanda Moustafa avec colère. Ne me force pas à me souiller les mains de ton sang !

— Hassan est au village. Il dormait encore quand j'ai quitté la maison, je n'ai pas eu le courage de réveiller le pauvre enfant pour lui faire mes adieux.

— Il a disparu, cria Moustafa. Tu mens ! Tu ne fais que mentir ! Les gens vous ont vus quitter le village tous les deux !

— Il dormait, répéta Esmé.

— Je vais te tuer !

— Tue-moi donc ! cria Esmé. Les souffrances que vous m'infligez sont pires que la mort. Vous me faites mourir un peu plus tous les jours. Ce n'est pas moi qui ai tué votre frère, c'est Abbas. Pourquoi n'allez-vous pas vous venger sur ses frères, sur sa famille ? Mais non, vous ne vous en prenez qu'à moi, vous avez bien trop peur d'eux ! Parce que ces Kurdes Lek vous flanquent la frousse, n'est-ce pas ? Je n'ai pas tué votre frère, c'est Abbas son assassin ! Et de plus, il a enlevé sa femme. Allez donc tuer ses frères pour venger votre honneur !

Une cravache la frappa au visage en sifflant. Les cavaliers faisaient cercle autour d'Esmé, ils la fouettaient tous à la fois. Elle ne put s'empêcher de pousser un hurlement. Elle en fut épouvantée, l'enfant l'avait sûrement entendue.

Mais Hassan avait déjà quitté les buissons d'ajoncs, il les observait de loin. Quand il entendit crier sa mère, il se mit à courir vers elle, de toutes ses forces, il hurlait lui aussi, il ramassait des pierres qu'il lançait sur les hommes. Des chevaux prirent peur. Hassan semblait saisi de folie. Il tournait en rond sur lui-même, puis se remettait à faire pleuvoir les pierres sur les cavaliers. Quel imbécile je suis, se disait-il, pourquoi n'ai-je pas emporté mon fusil, j'aurais pu tous les tuer, maintenant...

— Et pourquoi n'avais-tu pas pris ton fusil, Hassan ?

— C'était eux qui me l'avaient offert, je les vomissais, je les détestais, eux et leurs cadeaux. Je ne voulais rien emporter qui fût à eux. Je me disais qu'une fois grand, je pourrais leur reprendre ce qui m'appartenait. Je me croyais déjà grand...

— Pourquoi n'avais-tu pas pris ton cheval, Hassan ? Vous auriez pu fuir plus vite.

— Le cheval aussi était à eux. J'ai bien pensé à le prendre, mais ma mère a refusé. Qu'ils crèvent, eux et leurs chevaux, maudits soient leurs biens et leur fortune, m'avait dit ma mère. Rien, je ne veux rien, disait-elle, pourvu qu'ils me laissent en vie et qu'ils m'accordent mon fils ! Je leur pardonnerai alors tout le mal qu'ils m'ont fait, voilà ce qu'elle disait...

Les chevaux s'affolèrent, se cabrèrent sous les pierres qui pleuvaient. L'une d'elles atteignit Moustafa au visage, sa joue saigna. Esmé gisait sur le sol. Ses vêtements, ses cheveux, ses sourcils étaient blancs de poussière. Hassan la prit dans ses bras, l'aida à se relever. Il pleurait en silence. L'un des cavaliers s'approcha de lui :

– Le fils d'une putain ne peut être qu'un salaud ! cria-t-il. Telle mère, tel fils. Du ventre d'une putain ne peut sortir qu'un enfant de putain. Pourquoi attacher de l'importance à ce chien, Moustafa, que peut-il y avoir de bon chez un enfant qui serre dans ses bras la meurtrière de son père ?

Il lança sur eux son cheval en cherchant à les fouler aux pieds, mais Hassan se redressa d'un bond et l'injuria. Le cavalier piqua des deux et s'éloigna.

Moustafa se pencha, saisit Hassan, le jeta sur la croupe de son cheval :

– Va au diable, putain ! dit-il. Si tu oses rentrer au village, tu m'obligeras à me souiller les mains de ton sang !

Il cravacha son cheval et reprit la direction du village, suivi par les autres cavaliers.

Hassan était fou de colère quand ils atteignirent la cour de la grande maison. Il se laissa glisser à bas du cheval et se mit aussitôt à courir vers la route, il voulait rejoindre sa mère, mais les autres le rattrapèrent. Il chercha en vain à leur échapper, il se débattait, son visage et ses bras étaient en sang, ses vêtements en lambeaux.

— Ligotez-moi ce chien ! ordonna la grand-mère, mais elle changea aussitôt d'avis :

— Ne touchez pas à mon petit-fils ! Ne lui faites pas de mal ! s'écria-t-elle.

Elle s'approcha de lui :

— Arrête, mon petit, calme-toi, mon bel enfant aux yeux noirs, mon lion, tu es si fatigué. Ah mon pauvre enfant, sais-tu ce que cela signifie, l'amour d'une mère ! Maudit soit cet amour ! Ta mère a fait tuer mon fils. Tu n'arrives pas à renoncer à elle, à cette femme qui a pourtant versé le sang de ton père, et moi, alors, comment pourrais-je oublier mon fils si vaillant, si courageux, comment pourrais-je renoncer à venger sa mort, mon petit Hassan ? Mais la terre me rejetterait si je mourais sans l'avoir vengé ! Que veux-tu que je fasse, mon enfant, mon petit-fils, l'enfant de mon fils si vaillant ? Oui, maudit soit l'amour maternel ! Mon ennemie se pare, elle se fait belle, elle se pavane sous mes yeux, alors que mon fils, qui était aussi majestueux que les montagnes, pourrit dans la terre noire. Hassan, mon lion, mon petit ! La moitié de mon cœur, le seul parfum qui subsiste de mon fils, le seul souvenir qui me reste de lui en ce monde, veut s'en aller avec mon ennemie, avec la meurtrière de son père, comment n'en mourrais-je pas, mon petit Hassan ? Mais laissez partir cet enfant, qu'il s'en aille là où il désire aller !

Hassan se débattait toujours, il mordait jusqu'au sang les mains qui cherchaient à le retenir. Moustafa s'approcha d'eux :

– Lâchez-le, dit-il. Lâchez cet enfant, il a du cran, il ne veut pas quitter sa mère. Tant pis. Par égard pour la mémoire de son père, je respecterai sa volonté. Emmenez-le. Puisque tel est le désir de mon vaillant neveu, allez avec lui à la recherche d'Esmé, les amis, ramenez-la au village. Dorénavant, personne ne lui fera de reproches, dorénavant, nous la laisserons en paix, nous la respecterons. Nous n'y pouvons rien. Bien sûr, la mère de cet enfant a fait tuer notre frère, mais il s'agissait après tout de son père à lui. Si Hassan n'éprouve aucun respect pour la mémoire de son père, s'il ne cherche pas à le venger, nous n'y pouvons rien. Comment mon frère peut-il connaître la paix sous la terre noire, alors que son sang n'a toujours pas été effacé par la vengeance ? Mais nous n'y pouvons rien, nous autres. Les ossements de notre frère cliquettent dans sa tombe. Ses chairs retomberont en pourriture sans que jamais il connaisse la paix. Même dans sa tombe. Et jusqu'à la fin des temps, la terre qui recouvre ses restes sera trempée par les larmes qu'il verse, lui qui de honte n'osera pas lever les yeux sur le Tout-Puissant et sur le Prophète quand il comparaîtra devant eux. Certes, il s'agit de notre frère, mais il s'agit aussi de son père. Ne sait-il pas que l'âme de celui dont le sang n'a pas été vengé ne connaît jamais le repos ?

Ils lâchèrent l'enfant. Hassan se calma aussitôt, il s'immobilisa au milieu de la salle, mortellement triste. Il n'en pouvait plus. Sa joue saignait, il ne l'essuyait pas. Il semblait écouter son oncle avec attention, alors qu'il était plongé dans un rêve. Il imaginait sa mère à bout de forces, s'écroulant de fatigue sur le chemin du retour.

— Un père dont le meurtre n'a pas été vengé se lamente dans sa tombe jusqu'au jugement dernier, croyez-vous que Hassan l'ignore ? Il sait que ce père maudit jusqu'à la fin des temps le fils qui ne l'a pas vengé. Jamais il ne connaît le repos dans sa tombe, Hassan le sait bien...

Moustafa se tut. Son visage reflétait une douleur insupportable, ses traits se tendaient, se creusaient. Il se mit à tourner sur lui-même en frappant des mains. Ses yeux s'étaient élargis, ils étaient devenus immenses. Il tentait de parler, sans y parvenir, il regardait l'enfant, hésitait, se remettait à tourner en rond.

— Il le sait bien, n'est-ce pas ? cria-t-il. Il le sait bien, non ?

Sa voix se brisa. Il continuait à tourner sur place de plus en plus vite, avec de grands moulinets des bras, comme s'il cherchait à lancer des coups de poing, s'arrêtait, reprenait son calme, puis à nouveau, il regardait son neveu, se redressait de toute sa taille, se ployait en deux :

— Il le sait bien, non ?

Il s'approchait de sa mère, la contemplait et son visage s'empreignait de douleur :

— Regardez-la, regardez cette mère. Comment ne mourrait-elle pas de chagrin, alors que les ossements de son fils s'agitent dans sa tombe. C'est une mère... Une mère !

Il étouffait, sa voix devenait larmoyante, il semblait sangloter :

— Une mère sait ces choses-là ! Hassan aussi le sait bien...

Sa voix basse, désespérée, résonnait pourtant avec assurance :

— Ne sait-il pas qu'un homme dont le meurtre n'a pas été vengé quitte sa tombe et se transforme en revenant ? Depuis sa mort, depuis que son sang attend la vengeance, chaque nuit, oui, chaque nuit, je vois mon frère, vêtu d'un linceul blanc, je le vois errer dans cette cour, je ne l'ai dit à personne jusqu'ici. La première fois, c'était la nuit, j'ai entendu des gémissements, je suis sorti, j'ai vu un spectre devant la porte de cet enfant, il était vêtu d'un suaire. C'était le spectre qui gémissait. Je me suis rapproché de lui, c'était mon frère, il était très pâle, son visage était blanc comme de la craie. Je l'ai appelé, je lui ai dit, frère, Halil mon frère ! Il ne m'a pas répondu, il s'est éloigné dans la direction du cimetière. Entre ses gémissements, j'ai pu distinguer quelques mots. Dites à Hassan de ne pas me laisser sans vengeance, il ne doit pas pardonner au coupable, même s'il s'agit de sa propre mère... Ensuite, j'ai vu la terre s'entrouvrir, le fantôme est rentré dans sa tombe, les gémissements se sont tus...

Il s'approcha de l'enfant. Hassan sentit la chaleur de son souffle sur sa nuque.

— Pourquoi ai-je raconté tout cela à cet enfant, j'ai eu tort, honte à moi, je n'ai pas eu la force de lui cacher que l'esprit de son père hantait ces lieux, et que son spectre ne disparaîtra pas tant qu'il n'aura pas été vengé ! Ce petit garçon n'est tout de même pas capable de venger son père, d'autant plus que le meurtrier, c'est sa propre mère, que peut-il faire, le malheureux ! J'ai eu tort. Honte à moi !

Il se dirigea vers la porte, s'arrêta sur le seuil :

— Prenez vos chevaux, vous autres, allez retrouver sa mère, allez-y avec Hassan, ramenez-la. Puisqu'il s'agit de la mère de mon neveu, il ne faut pas l'obliger à faire tout ce chemin à pied. Certes, elle a assassiné notre frère, mais c'est tout de même la mère de notre vaillant neveu...

Il quitta la pièce. Sa femme s'approcha de Hassan :

— Mon pauvre enfant, mon pauvre orphelin, lui dit-elle, que t'ont-ils fait, tu saignes de partout. Viens te laver avant d'aller à la rencontre de ta mère.

Elle l'emmena, lui rinça le visage, soigna ses blessures.

Les hommes se dressaient sur leurs chevaux devant la porte. L'un d'eux se pencha, saisit Hassan, l'installa sur le pommeau de sa selle.

Le soir tombait quand ils aperçurent Esmé, assise sur le talus, au bord de la route. Recroquevillée sur elle-même, elle ne remarqua même pas leur arrivée. Hassan sauta à terre, courut à elle :

— C'est moi, mère, viens avec nous, lui dit-il. Tu sais, mère, lui chuchota-t-il à l'oreille, mon père est devenu revenant. C'est mon oncle qui l'a vu. Tout le monde l'a vu au village ! Il est sorti de sa tombe, vêtu d'un linceul. Il paraît qu'il se lamente sans arrêt.

Esmé n'entendait-elle pas son chuchotement, n'avait-elle donc pas compris ce qu'il lui avait dit ?

Hassan en eut l'impression. Il était épouvanté, lui. Et si le spectre était revenu sur terre pour tuer sa mère ? Sa peur ne faisait que croître. Il se serra contre elle :

— Lève-toi, rentrons à la maison. Dis, qu'allons-nous faire à présent ? Il paraît que son fantôme vient se planter chaque nuit devant notre porte. Et c'est sûrement vrai. Une nuit, je l'ai entendu gémir, moi aussi, mon père était loin de la maison, mais je l'entendais gémir... Allons, viens...

Il lui saisit la main, la força à se lever. Immobiles, les cavaliers les observaient en silence. Esmé avança de quelques pas, avec peine, la tête basse. L'un des hommes mit pied à terre, tint l'étrier pour l'aider à se mettre en selle. Il installa Hassan derrière elle.

Tous les habitants du village s'étaient rassemblés devant la grande maison. Quand Esmé pénétra dans la cour, un grondement monta de la foule.

— Esmé, Dieu te maudisse, Esmé ! cria l'un des vieux. Halil est revenu ! Tout le monde a vu son fantôme au village. Il réclame son sang qui a coulé sur le sol et n'a toujours pas été racheté par la vengeance. Rendez-le-lui ! Sinon, le revenant viendra s'emparer de son fils, il l'emmènera avec lui !

Esmé fendit la foule, sans un regard pour personne, et pénétra dans la maison.

A nouveau, le village semblait avoir retrouvé la paix. Les gens vaquaient à leurs affaires, ils paraissaient avoir oublié le revenant, ils ne s'intéressaient plus à Esmé ni à Hassan. Combien de temps dura cette accalmie, six mois, un an peut-être. Mais ce silence qui se prolongeait, cette indifférence même inquiétaient Esmé. Ce brusque répit après tant d'agitation, tant de commentaires, ne lui disait rien de bon. Elle s'attendait à quelque malheur, elle était sans cesse sur ses gardes. Elle avait peur pour son fils, lui aussi finirait par subir les effets de ce silence. Elle mourait d'inquiétude.

Et un beau matin, il se passa quelque chose. Ce n'était pourtant pas ce qu'elle craignait par-dessus tout. Le vieux Kérime, qui avait été déserteur durant toute la Grande Guerre, pérorait dans les rues du village :

– Je l'ai vu, affirmait-il en tendant son long cou. J'ai vu Halil la nuit dernière, alors que je descendais des rochers de l'Anavarza. Au-dessus d'Alikessigui j'ai soudain levé la tête et je l'ai vu, il était vêtu d'un linceul, immense, il étincelait dans la nuit, et ses yeux brûlaient comme deux flammes, il me barrait le chemin, il se penchait vers moi, il me regardait de loin. Il devenait de plus en plus grand, aussi haut qu'un peuplier. Il m'a dit, salut Kérime, tu m'as reconnu, hein, Kérime ? Je lui ai dit, bien sûr, Halil, j'ai reconnu ta voix, salut, n'es-tu pas Halil le Filsdu-Manchot ? Eh oui, c'est moi, je suis devenu un revenant à cause de ma mère, de mes frères, ces lâches qui ignorent la crainte de Dieu, à cause aussi de mon morveux de fils, à cause de ma femme qui n'est qu'une meurtrière ! Je n'ai plus de mère, Kérime, va le lui dire. Je n'ai plus de frères, va le leur dire. Mon fils Hassan a grandi, mais à quoi bon, puisque me voilà devenu fantôme, puisque je ne peux pas reposer en paix dans ma tombe, puisque les démons me tourmentent jour et nuit de leurs fourches rougies à blanc, il aurait mieux valu pour moi que je n'aie pas de fils. Il m'a dit encore, tu as en face de toi un homme haut comme un minaret et vêtu d'un linceul, mais ne crois pas à ce que tu vois. Chaque jour, les démons me font changer d'aspect. Un jour, je me retrouve métamorphosé en chien, ils me nourrissent de pâtée, je passe mes nuits à hurler dans ces montagnes, je dévore les charognes. Et le lendemain, ils me transforment en aigle, je viens me poser sur le toit de ma maison, je vois mon fils, ce bon à rien. Dire qu'il sait se servir d'un fusil, il tue des aigles, des lièvres, des renards. Au lieu de s'en prendre à ces malheureuses bêtes inoffensives, il ferait mieux de la tuer, elle, pour rendre la paix à l'âme de son père ! Pour lui éviter d'être sans cesse transformé en chat ou en serpent ou en scolopendre ! Un jour que les démons avaient fait de moi un chat... Que voulez-vous que fasse un chat, hein, j'ai couru à la maison. Eh bien, ma garce de femme m'a regardé dans les yeux, elle a dit, ce chat ressemble tout à fait à mon défunt mari, elle m'a lancé un de ces coups de pied ! Et puis, elle m'a tapé sur la tête avec un bâton, elle m'aurait tué si je n'avais pas pris la fuite. Dieu merci, j'ai réussi à échapper à cette meurtrière ! Ma mère, mes frères, mon fils sont des bons à rien, Kérime, je te prie d'aller trouver Esmé, tu vas lui demander, à elle, de venir à mon secours. Puisque personne n'est capable de la tuer, ni mes frères, ni mes proches, ni mon fils, ni mes amis, qu'elle se suicide donc ! Qu'elle mette fin à ses jours pour me délivrer de ce triste état ! N'a-t-elle pas été mon épouse durant des années, ne m'a-t-elle pas donné un fils, ce poltron, ce vaurien, ce garçon qui ne sera jamais un homme. Tout cela, c'est de sa faute à elle, qu'elle nous permette, à mon fils et à moi, d'échapper au déshonneur ! Tant qu'elle n'aura pas mis fin à ses jours, je continuerai à errer comme une âme en peine, jusqu'au jour du jugement dernier, et tant que je serai revenant, mon fils vivra dans la honte, il n'osera pas se montrer aux gens ! Qu'elle meure donc pour sauver son propre fils de l'opprobre ! Va dire à Esmé que mes souffrances sont intolérables. Va dire à ma mère, à mon fils, à tous les gens au village, que les démons me tourmentent sans arrêt, je me retrouve un jour transformé en serpent, le lendemain en ver de terre, en crapaud ou en escargot. Je les implore, je les supplie de me laisser tranquille, mais eux me rient au nez, on a pitié de toi, me disent-ils, si nous n'avions pas de la compassion pour toi, l'agha, tu te retrouverais transformé en cent mille escargots aussi minuscules que de petits boutons, éparpillés dans l'univers, et les démons qui viendront après nous seraient incapables de tous les rassembler au jugement dernier, tu serais forcé de comparaître devant le Seigneur sous l'aspect de cent mille fantômes d'escargots, et même dans l'autre monde, tu ne serais qu'un revenant ! Qu'il est pénible, Kérime, le sort de l'homme dont le meurtre n'a pas été vengé ! Dieu vous en garde tous ! Moi, j'étais paralysé par la peur, je tremblais d'épouvante, et soudain le fantôme a disparu. Halil était devenu un chat, qui se frottait à mes pieds, mais brusquement le chat a disparu lui aussi, il était devenu une chouette qui chuintait, posée sur un rocher en face de moi. Et la chouette s'est effacée, un crotale a surgi devant moi. Et quand j'ai vu le crotale, j'ai pris mes jambes à mon cou, j'ai filé par le raccourci au-dessus d'Alikessigui, c'est pourquoi j'ai les jambes et les mains couvertes d'égratignures, j'avais du sang partout. Dès mon retour au village, je suis allé trouver le guérisseur, il a pansé mes blessures. Et il m'a dit, sois prudent, Kérime, pour l'amour du ciel, Halil s'est manifesté à toi parce qu'il te fait confiance, ne te dérobe pas à ses volontés, va trouver sa mère, sa femme, ses frères, son fils, il faut aussi décrire à tous les habitants du village le triste état où se trouve Halil, il faut leur en parler, Kérime, aie pitié de lui, ne le laisse pas errer dans l'univers, jusqu'à la fin des temps, sous la forme d'une saloperie d'escargot ! Si tu ne t'acquittes pas de cette obligation, il t'arrivera malheur !

Au village, on ne parlait plus que du revenant. Certains en plaisantaient, ils estimaient que le mort avait bien tort de se balader sous la forme d'un escargot, ou d'une chouette ou d'un râle d'eau, de voler au-dessus du village vêtu d'un suaire. D'autres par contre y croyaient ferme, et pour mettre fin aux tourments du spectre, ils proposaient des solutions plus saugrenues les unes que les autres.

Mais tous étaient d'accord pour blâmer Hassan. Si Halil se retrouvait transformé en ver de terre ou en hibou ou en limace, si les démons venaient chaque jour le transpercer dans sa tombe de leurs fourches rougies à blanc, c'était la faute de l'enfant. Chacun des habitants du village se faisait un devoir de lui décrire les tortures subies par son père. Hassan avait mal agi, il avait le droit d'aimer sa mère, bon, mais c'était tout de même son père qui était devenu revenant, qui souffrait mille morts à cause de cette femme. On n'a pas le droit de condamner l'homme qui vous a engendré à vivre jusqu'à la fin des temps sous la forme d'un escargot !

Kérime, lui, alla plusieurs jours de suite rendre visite à Esmé, il lui raconta cent fois peut-être comment Halil avait surgi devant lui, d'une voix larmoyante, il lui répétait les exigences du fantôme. Esmé se contentait de garder le silence.

Le vieux Kérime finit par se fâcher :

— Ce sera comme tu voudras, Esmé ! s'écria-t-il. Je n'ai pas osé te le dire jusqu'ici, j'avais pitié de toi, mais le revenant m'a dit : de deux choses l'une, ou mon sang sera vengé, ou alors je lui prendrai son fils ! Voilà ce qu'il m'a dit. C'est à toi de choisir, Esmé. Tu es libre de te tuer ou non...

Esmé se pétrifia, elle ne lui répondit pas.

A partir de ce jour-là, Kérime passa son temps à courir derrière Hassan, il cherchait en vain à lui délivrer le message du revenant, il le poursuivait sur les berges du Djeyhan, dans les champs, sur les chemins, jusque dans les rochers de l'Anavarza. Mais dès qu'il apercevait le vieillard, Hassan disparaissait, à croire que le sol s'entrouvrait sous ses pas.

— Cet enfant est possédé des démons ! Il y a quelque chose de bizarre chez ce galopin, cela fait des mois que je n'arrive pas à mettre la main sur lui ! disait Kérime.

Il avait beau aller en pleine nuit ou à l'aube chez Esmé pour surprendre l'enfant dans son lit, Hassan réussissait à lui glisser entre les doigts. Il savait trop bien ce que le vieux Kérime allait lui raconter.

Kérime finit pourtant par le coincer. Hassan se baignait dans la rivière, il ne trouva pas le temps de s'enfuir. Kérime le fit asseoir à ses côtés, il lui raconta longuement comment Halil lui était apparu et ce qu'il lui avait recommandé :

— Je me suis acquitté de mes obligations envers le spectre, conclut-il. C'est à vous de jouer à présent, à toi, à ta mère et à ton fantôme de père. Tu feras ce que tu voudras, hein...

Il ne termina pas sa phrase, il venait de remarquer un lézard sur les graviers :

— Regarde, dit-il, affolé, ce lézard-là, c'est ton père ! Regarde ses yeux, comme ils ressemblent aux yeux de Halil ! Regarde, il baisse la tête, il la redresse, on dirait qu'il fait ses prières. Il nous écoute, regarde, il veut savoir ce que je te raconte !

Hassan eut un léger sourire. Kérime le remarqua et fut pris de rage. Il se leva aussitôt et s'éloigna, en jurant tant qu'il pouvait contre Hassan et contre les revenants et contre tous les habitants, grands et petits, de la région.

Les exhortations pleuvaient sur Hassan. Vieux et jeunes, hommes et femmes, tous s'estimaient obligés de lui tenir des discours sur son père, sur sa mère, sur les fantômes...

L'enfant allait et venait dans le village, hagard, il ne parvenait pas à leur échapper, tous ces discours incohérents l'étourdissaient, il n'avait plus sa tête à lui.

Doursoune était très vieux ; il avait cent ans peut-être. Il avait de la peine à marcher. Son cou était creusé de rides si profondes qu'elles s'emplissaient de brins de paille ou de barbes d'épis. Ses sourcils broussailleux lui cachaient les yeux, il avait l'habitude de les redresser des deux mains pour contempler longuement l'horizon. Il n'avait jamais adressé la parole à Hassan, il n'avait même pas l'air de le connaître. Mais ce jour-là, il retint l'enfant qui passait devant lui en lui accrochant la jambe avec son bâton.

— Viens ici, Hassan, lui dit-il de sa voix aussi faible qu'un bruit d'insecte, assieds-toi, le vieux Doursoune a deux mots à te dire, lui aussi.

Il se pencha vers lui, le dévisagea longuement, l'air surpris :

— Mais tu as grandi, bon sang, tu es devenu un vrai jeune homme, Hassan, lui dit-il avec la naïveté d'un enfant. Ces paysans cherchent à te persuader de tuer ta mère. Elle est très belle, ta mère. Vieux comme je suis, je n'ai jamais vu de femme aussi belle que ta mère, mon petit. Et quand une femme est belle à ce point, avec un visage d'ange comme le sien, au surplus, les gens ne la laissent pas vivre en paix, mon petit Hassan. Ils vont tuer ta mère, mon enfant, et ce sera bien dommage. Sais-tu ce que je ferais, moi, si j'étais jeune, si j'étais encore vigoureux ?

Il chercha à hausser ses sourcils, n'y arriva pas, les souleva des deux mains, fixa sur Hassan ses yeux d'un bleu très pur, au regard doux et profond, puis baissa la tête, réfléchit un long moment. Il se redressa brusquement, tendit la main vers l'enfant et lui saisit l'épaule :

— Ne tue pas ta mère, suis mon conseil, hein, lui dit-il. Ne la tue surtout pas. D'ailleurs, on ne peut pas tuer une femme aussi belle que ta mère ! Tu n'aurais pas le droit de la tuer, même s'il ne s'agissait pas de ta mère, même si ce n'était qu'une étrangère ! Les êtres comme ta mère, que Dieu choisit de créer une fois tous les mille ans, sont les créatures choisies du Seigneur. N'écoute pas ton revenant de père, pas plus que ce teigneux de Kérime ! Ne tue pas ta mère ! Et qu'elle se garde bien de se donner la mort, comme le lui conseillent ces paysans qui ont tous perdu la tête ! Ta mère est l'une des créatures chéries de Dieu. Si vous la tuez, le Seigneur vous châtiera tous, il fera pleuvoir les pierres sur vos têtes, vous serez décimés par les épidémies !

Il se tut, sourit, redressa ses sourcils de son geste familier et regarda l'enfant. Il souriait de tout son cœur, de sa bouche édentée, avec la naïveté et la simplicité d'un enfant :

— Sais-tu ce que je ferais, moi, si j'étais jeune ?

Hassan ne lui répondit pas. Le vieillard répéta sa question. L'enfant finit par lui rendre son sourire :

— Que ferais-tu, l'oncle Doursoune ?

Le vieil homme eut l'air surpris et ravi :

— Il t'arrive donc de parler, Hassan ?

— Cela dépend de la personne qui se trouve en face de moi, dit Hassan avec assurance.

— Tu veux donc savoir ce que j'aurais fait, hein ? Eh bien, je me serais amené avec tout mon saint-frusquin, je me serais placé chez vous comme valet, et même si ta mère avait voulu me chasser, je me serais prétendu malade, j'aurais bien trouvé une combine pour rester chez vous, et j'aurais passé mes journées à regarder ta mère ! Oui, Hassan, j'aurais passé ma vie à regarder Esmé et j'aurais ainsi gagné mon paradis. Un homme qui a contemplé tout son soûl la beauté de ta mère ne saurait aller en enfer ! D'ailleurs, un homme qui regarde ta mère avec foi et amour se trouve déjà au paradis, que ce soit ici-bas ou dans l'autre monde... Le bon Dieu lui-même est sûrement en train de l'admirer ! Voilà pourquoi celui qui osera assassiner ta mère se perdra à jamais ! Emmène-moi chez vous, Hassan, pour que je puisse voir ta mère, à moitié aveugle comme je suis, c'est péché, bien sûr, de regarder ta mère avec des yeux qui n'y voient qu'à moitié, mais même ainsi, un homme qui regarde Esmé en rassemblant le peu de force qui lui reste pour la contempler avec amour, avec foi, ira tout droit au paradis ! A présent, aide-moi à aller jusque chez vous...

Il fixa une dernière fois ses yeux sur l'enfant, puis laissa retomber ses sourcils.

— Allons à la maison, viens, l'oncle Doursoune, s'écria Hassan tout joyeux, ma mère t'offrira du café, elle te fera même à manger, si tu veux !

Doursoune s'appuya des deux mains sur le sol pour se redresser. Il n'y parvint qu'avec l'aide de l'enfant. Ils se dirigèrent vers la maison. Ce qui éveilla la curiosité et les soupçons de tous ceux qu'ils rencontrèrent dans les rues du village.

Esmé accueillit le vieillard avec joie, elle mit aussitôt le couvert sous la tonnelle, près du puits, au pied d'un grand saule pleureur.

Doursoune redressait ses sourcils de ses mains :

— Dieu merci ! Merci, Seigneur, de me faire vivre ce jour et cet instant, loué soit Dieu, loué soit le Tout-Puissant ! répétait-il, plein d'admiration.

Le repas leur prit beaucoup de temps. Doursoune avait de la peine à mâcher ses bouchées. Et puis, à force de contempler Esmé, il en oubliait de manger. Il passa l'après-midi sous la tonnelle. Au coucher du soleil seulement, il demanda à Hassan de le ramener chez lui. Ils n'échangèrent pas un mot tout au long du chemin.

Cette nuit-là, Hassan fit des rêves agités. Il rêva de son père. Halil était pris dans le marécage, il n'arrivait pas à en sortir, et brusquement, il se métamorphosait en serpent, un serpent qui disparaissait à moitié dans la vase, lui aussi. Plus Halil se débattait, plus il s'enfonçait dans le marais, il y plongeait jusqu'au cou, et sans cesse il changeait d'aspect, il devenait lézard, crapaud, il disparaissait dans le marécage, il surgissait des buissons de ronces sous la forme d'un hibou aux yeux immenses, aux ailes trempées, souillées de boue. Et c'était à nouveau son père, les yeux exorbités, son linceul ruisselait d'eau, il était couvert de vase, puis Hassan ne voyait plus que les yeux d'un hibou, énormes, de plus en plus saillants...

Hassan se réveilla avant le jour, courut aussitôt à son fusil. Sa mère dormait, ses long cheveux répandus sur l'oreiller étaient coiffés en nattes ornées de petits bijoux d'or, d'argent ou de corail. Elle était encore plus belle que ce que Doursoune disait d'elle. Il la contempla un long moment, avec admiration.

La veille, il avait empli une besace de provisions, en cachette de sa mère. De l'argent, il en avait beaucoup, il le fourra dans sa chemise. Il revêtit ses plus beaux habits et descendit silencieusement l'escalier, son fusil à la main. Il faisait encore nuit noire. Il entra à tâtons dans l'écurie, en fit sortir son cheval, s'arrêta un bref instant dans la cour pour contempler la fenêtre de la pièce où dormait sa mère, puis sauta en selle et s'engagea au grand galop sur la route de Kozan. Arrivé à la bourgade, il mit pied à terre devant une auberge, attacha son cheval à un arbre. Il s'installa à une table et sortit du pain de sa besace.

— Que désires-tu, l'agha ? lui demanda l'aubergiste.

Ce n'était pas la première fois que l'enfant entrait dans une auberge.

— Apporte-moi un plat de viande, dit-il.

— Tout de suite, l'agha...

L'aubergiste était un Kurde aux longues moustaches effilées.

— Nous avons un très bon dessert, si tu en veux...

Hassan lui sourit :

— Tu peux m'en apporter, l'agha. Je connais ton nom. Tu t'appelles bien Sulo le Kurde, c'est bien ça ?

— Et toi, qui es-tu ? dit l'aubergiste.

— Je suis le fils de Halil. Celui qui a été tué par Abbas.

— Tu es donc Hassan, dit le Kurde. J'ai entendu parler de toi. Comment va ta mère ? On m'a raconté que les frères de ton père veulent la tuer, mais que tu ne les laisses pas faire. Ton père était un homme courageux, Hassan mon enfant. Je ne savais pas que tu étais déjà si grand, que tu étais devenu un jeune homme. Les gens disent que c'est ta mère qui a fait tuer ton père, mais il ne faut pas les croire. On parle toujours en mal des jolies femmes. Ta mère vient d'une noble famille. Les femmes qui ont de la noblesse ne font pas assassiner leurs époux par des types comme Abbas. Ne tue surtout pas ta mère, Hassan agha ! L'homme qui assassine sa mère ne connaît plus la paix en ce monde, et dans l'autre, les démons le tourmentent. Ecoute-moi bien. J'aimais beaucoup ton père. On était copains, lui et moi. On buvait, on jouait aux cartes ensemble. Ton père et moi, on s'est réservé bien des fois une boîte de nuit à Adana, pour toute la nuit, pour nous tous seuls ! Ton père était fier et courageux comme l'aigle ! Si Abbas n'avait pas été un meurtrier sanguinaire, on n'aurait pas trouvé dans toute la Tchoukourova un homme assez audacieux pour tirer sur Halil, pour oser appuyer sur la détente ! Ecoute mon conseil, fils de mon ami, ne tue surtout pas ta mère. Je sais bien, tes oncles veulent te faire commettre ce meurtre, à toi ! Car ils ont peur des frères de ta mère. Ils l'auraient tuée depuis belle lurette s'ils n'avaient pas la frousse. Pour eux, un meurtre, ce n'est rien du tout, surtout le meurtre d'une femme, mais ils ont peur de ses frères. Ils sont très riches, les frères de ta mère, ils sont courageux et féroces, très féroces. Alors bien sûr, tes oncles au village ont peur. S'ils tuaient ta mère, ses frères viendraient sur-le-champ les exterminer, eux et toute leur famille, tous, jusqu'au dernier, ils le savent bien. Mais au cas où tu assassinerais ta mère, ses frères ne viendraient tout de même pas tuer leur propre neveu !

Hassan avait déjà terminé son repas.

— Tu crois qu'ils ne me tueraient pas ? demanda-t-il, tout étonné.

— Bien sûr que non, dit le Kurde. Ils ne te tueraient pas, mais ce n'est pas une raison pour assassiner ta mère ! Tuer sa mère, c'est se condamner à porter une tunique de feu jusqu'à la fin de ses jours, une tunique tissée d'épines d'acier, de fer rougi à blanc, qui vous brûle le corps jusqu'à la mort ! Ne te laisse pas influencer par ce qu'ils font ou par ce qu'ils te racontent, ne tue pas ta mère, promets-le-moi !

Hassan prit son courage à deux mains :

— Où habitent les frères de ma mère ? Où se trouve leur maison. tu crois que je pourrais les retrouver ?

— Je n'en sais rien, dit l'aubergiste. Ton père a dû m'en parler, mais je ne sais plus, j'ai oublié. Les frères de ta mère se sont lancés à la poursuite de ton père, au moment de l'enlèvement, mais les beys de la Tchoukourova sont intervenus, ils les ont empêchés de le tuer. Sinon... Pour l'amour du ciel, ne tue pas ta mère... Après tout, tes oncles maternels seraient bien capables de t'assassiner !

Hassan sortit un billet de cinquante livres de sa bourse de soie brodée, il le posa devant l'aubergiste. Le Kurde lui rapporta la monnaie. Hassan se leva :

— Dieu te bénisse, l'aubergiste, je m'en vais...

Le Kurde l'accompagna jusqu'à la porte :

— Ne te laisse pas faire, cria-t-il derrière lui. Ne la tue pas ! Quiconque supprime une femme aussi belle que ta mère se perd à jamais !

Hassan sauta en selle, il hésitait. L'aubergiste se tenait sur le pas de la porte, il l'observait. Agacé, Hassan éperonna son cheval qui sortit à toute allure de la bourgade. Il ne tira sur les rênes qu'après avoir franchi la rivière. Que faire à présent, où aller, il ne savait pas où habitaient ses oncles maternels, dans quel village, dans quelle ville, ils n'existaient peut-être même pas. Le Kurde avait peut-être tout inventé pour lui faire peur. Mais si sa mère n'avait pas eu de famille, où avait-elle espéré trouver refuge quand elle avait tenté de fuir ? Non, non, elle avait certainement des frères et même un père, elle avait une tribu, un clan. De l'autre côté des montagnes, sans aucun doute...

Il en avait le vertige. Il changea de direction, piqua des deux vers les montagnes par un sentier qui traversait la forêt. Les immenses sapins bleuâtres embaumaient. En face, sur le flanc de la montagne, de longues colonnes de brume s'élevaient dans le ciel en se balançant légèrement. Le cheval peinait sur le raidillon. Du sommet de la côte, Hassan aperçut l'extrémité d'un minaret au fond d'un vallon. Un épais rideau de brume recouvrait les toits des maisons. Un coq chantait, des chiens aboyaient tous ensemble. Les sonnailles des troupeaux retentissaient avec lenteur, on devinait la lassitude du soir. Dès qu'il aperçut les maisons, Hassan tira sur les rênes, il s'immobilisa, pris de peur. Se redressant sur ses éperons, il observa le village. Il entendait pleurer des enfants. Du haut de la colline, un homme, âgé à en juger par sa voix, s'adressait en criant à quelqu'un, de l'autre côté du vallon. Hassan pensa à sa grand-mère, d'ailleurs l'image de la vieille femme ne le quittait guère. Son cœur s'était soudain empli de joie et d'affection, il ne savait pas pourquoi. Il ne connaissait pourtant personne dans ce village, il en ignorait même le nom. C'était son cheval qui l'y avait conduit. Au-dessus du vallon, des rochers violets montaient jusqu'au ciel, le moindre bruit y éveillait des échos.

Il rendit la bride au cheval, l'éperonna légèrement. A présent, il connaissait la raison de sa bonne humeur. Il n'avait qu'à se laisser mener. Dès que son cheval s'arrêterait devant une maison, il irait s'y présenter. Que lui diraient les gens de la maison s'il leur déclarait, je suis un hôte envoyé par Dieu, ou s'il leur racontait qu'il était à la recherche de ses oncles ? L'arrivée d'un hôte inattendu fait toujours plaisir... Les habitants de ce village étaient sans doute des Kurdes, peut-être des Kurdes Alévi[1]. Les Kurdes Alévi sont des gens courageux, loyaux. Ou alors des Farsak, qui sont très pauvres. Ou des gens installés de tout temps dans la région de Kozan. De toute façon, les paysans des villages de la montagne sont toujours respectueux des lois de l'hospitalité.

Le cheval le conduisit jusqu'au portail d'une grande maison dont le toit de torchis était fait de terres de toutes les couleurs. Un immense platane étalait sur la cour ses branches qui se balançaient doucement dans le vent.

Il s'immobilisa dans la cour, les mains posées sur le pommeau de sa selle. Le cheval secouait nerveusement la queue pour chasser les mouches.

Un homme âgé sortit de la maison, il traversa la cour, la main en visière sur les yeux, il avait une drôle de façon d'observer Hassan, en plissant très fort les paupières. Il vint s'arrêter tout près de lui :

— Tu es le bienvenu, voyageur. Descends donc de ton cheval, dit-il.

1. Hétérodoxes chiites. *(N.d.T.)*

Il saisit la bride :

— Holà les enfants, venez voir ! Nous avons de la visite ! cria-t-il vers la maison.

Trois ou quatre hommes en sortirent précipitamment. Ils coururent tenir l'étrier à Hassan qui mit pied à terre.

Le vieil homme le mena à la maison, le pria d'entrer. Il sortit une clé de sa poche et ouvrit une porte ornée de belles moulures. Des banquettes étaient disposées au pied des murs, tout autour de la pièce. Les *kilims* sur le plancher dataient du temps où l'on utilisait des teintures végétales, des motifs de toutes les formes et de toutes les couleurs y prenaient leur vol. Les murs étaient entièrement recouverts de boiseries de noyer sculpté. On y voyait un grand portrait d'Ataturk. Debout, le pied droit en avant, la cravache à la main. Derrière lui, sur un fond de lac, se profilait la tête de son cheval bai. Les yeux d'Ataturk étaient très bleus.

Des hommes vêtus de pantalons de grosse serge entraient dans la pièce, l'un après l'autre, ils saluaient Hassan en lui souhaitant la bienvenue, et allaient prendre place sur les banquettes.

On leur apporta du café. Hassan fut servi le premier. Il s'était assis sur les talons, lui aussi, l'air digne et respectueux, comme les autres. Il tenait très délicatement l'anse de sa tasse et sirotait son café avec bruit. Exactement comme les autres.

Le maître de maison se tourna vers Hassan:

– Je m'appelle Mourtaza, Mourtaza Démirdéli, lui dit-il. Fais-moi la grâce de me dire ton nom.

– Moi, je m'appelle Hassan, répondit timidement l'enfant, je suis de la famille du Manchot, dans la plaine de l'Anavarza.

– Je connais ta famille, dit Mourtaza agha.

– Je suis le fils de Halil.

– Je connaissais Halil, dit Mourtaza. Ton père était un homme plein de courage. Il n'aura jamais son pareil sur la terre de la Tchoukourova.

– Il n'y en aura jamais, approuvèrent les autres. Nous avons tous connu Halil agha. Il nous était toujours d'un grand secours dans la Tchoukourova. Dans cette plaine si peu accueillante, Halil agha était un homme qui se plaisait à pratiquer l'hospitalité.

Hassan s'en souvient encore, au début il était si fatigué qu'il dormait à moitié. C'était la première fois qu'on ne le traitait pas comme un enfant, ces gens-là l'avaient accueilli comme une grande personne. Ce qui le transforma. Il se mit à bavarder pour éviter de s'endormir. De quoi leur parla-t-il, il ne sait plus. De son père, sans doute. Il dut leur raconter que son père s'était transformé en serpent, un immense crotale, parce qu'il revoit encore les yeux des paysans, écarquillés d'effroi.

Le soir tombait. On leur servit le dîner. Une bonne odeur de beurre fondu emplit la pièce. Tout embaumait le beurre : les pommes de terre, le pilaf de gruau, le pain et même le yoghourt et le miel.

Avant même la fin du repas, Hassan s'endormit, ivre de fatigue. Comme mort.

Quand il se réveilla, le jour pointait à peine. Les draps blancs sentaient le savon et la pomme sauvage. Et le parfum des églantiers pénétrait par la fenêtre ouverte. Il se leva d'un bond et courut se débarbouiller à la source qui jaillissait au pied d'un rocher, dans la cour. Il alla ensuite se soulager derrière les rochers. C'était bien agréable de faire ses besoins entre ces rochers, ces sapins. Mais le plaisir était gâché par la peur que lui inspiraient les chiens de la ferme.

Ce matin-là, il eut l'impression que ses hôtes le regardaient d'un drôle d'œil. On avait rangé le matelas sur lequel il avait dormi, le petit déjeuner était servi sur un grand plateau, l'odeur de la soupe au yoghourt se mêlait à celui de la menthe fraîche, il y avait aussi du fromage de brebis, du beurre et du miel. Ils prièrent Hassan de prendre place devant le plateau. Il s'installa, timide, sans oser lever les yeux. Mourtaza agha lui emplit de soupe un bol de cuivre orné de motifs.

– As-tu passé une bonne nuit, mon hôte, as-tu bien dormi?

– J'ai très, très bien dormi, bégaya Hassan, rouge de confusion, les joues brûlantes.

— J'en suis ravi, lui dit Mourtaza agha. Considère cette maison comme la tienne, je désire que tu t'y trouves bien, Hassan mon frère.

L'enfant lui lança un regard plein d'affection.

Combien de temps passa-t-il dans cette maison? Hassan ne le sait plus.

Un serpent était à ses trousses. Un énorme crotale qui le poursuivait jusque dans son sommeil, qui s'introduisait dans sa chambre, se faufilait entre les rochers ou grimpait sur les sapins. La nuit, Hassan se réveillait en criant.

Il décida de retrouver les frères de sa mère. Où habitaient-ils donc, dans quel village? Il ignorait même leurs noms. Mourtaza agha les connaissait peut-être, mais Hassan n'osait pas lui poser la question.

Il eut un coup de cafard. Brusquement. Il était triste, angoissé. Et s'il était arrivé malheur à sa mère, si les autres l'avaient emmenée dans la montagne pour la tuer? Il ne tenait plus en place. Il courut jusqu'à une source qu'il avait rencontrée entre les rochers, au loin. Le sol était tapissé de menthe violette en fleur. L'air sentait le sapin et la menthe. Il courait si vite qu'il roula à bas d'un rocher. Quelle idée d'avoir abandonné sa mère toute seule parmi ces monstres! Lui passait son temps à manger et à dormir chez Mourtaza agha, alors que sa mère était en danger de mort. Que faire à présent? Ils l'avaient sûrement assassinée, sûrement! Il s'arrêta sous un platane. La source jaillissait à quelques pas de l'arbre. Des aigles descendaient vers des rochers au loin, puis remontaient dans le ciel. Il se sentit brusquement petit, minuscule, pas plus gros qu'un insecte. Un insecte noir, grand comme le pouce. Il venait de comprendre ce qui l'avait poussé à fuir, il y voyait clair à présent. Il avait pris la fuite pour que ses oncles puissent tuer sa mère...

Je ne veux plus la voir, jamais plus. Il faut qu'elle soit tuée. Tuée. Il n'y a pas d'autre solution. Sinon, tous les gens de la Tchoukourova n'auront que du mépris pour nous. Mon père n'est plus qu'un serpent, un crotale, qui rampe dans la chaleur de la plaine. Il brûle dans les flammes de l'enfer. Il faut qu'elle meure. Ma mère doit mourir. Elle va mourir.

Il se répétait ces mots depuis des jours et des jours. Sans détour. Quelle honte! Comment peut-on souhaiter la mort de sa mère... Oui, mais si votre mère a fait tuer votre propre père... Quand votre père a été assassiné, quand son sang coule encore sur le sol sans avoir été vengé, ce qui l'oblige à errer sous la forme d'un spectre jusqu'à la fin des temps, quand on sait qu'il passe ses nuits sur terre en souffrant toutes les peines de la géhenne, en poussant des gémissements, changeant sans cesse d'aspect... Voilà pourquoi elle doit mourir. Il le faut. La grand-mère, ce n'est pas qu'elle soit méchante, ce qu'elle veut, c'est le repos de l'âme de son fils, le délivrer de cet état de fantôme. Esmé ne le ferait-elle pas pour moi si je devenais revenant? Pourquoi ne le ferais-je pas pour mon père, moi?

Il s'assit près de la source et se mit à pleurer. Et ses larmes le rendirent encore plus malheureux. Les sentiments qui l'agitaient étaient si confus... Quand il se disait qu'ils avaient peut-être déjà tué sa mère, une drôle de joie l'envahissait, et tout de suite après, une douleur terrifiante lui étreignait le cœur. Il passait sans cesse de l'affliction à l'allégresse. Il évoquait le fantôme de son père, il pensait à sa grand-mère, à sa mère, à ses oncles. A l'oncle Ali surtout. Où était-il passé, celui-là, un fou, un sale type, qui n'avait rien d'humain, il avait peut-être tué Esmé à l'heure qu'il était. Soudain, il imagina sa mère morte. Des mouches vertes volaient au-dessus du cadavre étalé sur le sol. Son sang séchait dans la poussière. Elle avait le visage enflé, un liquide jaune coulait de ses yeux qui disparaissaient sous les mouches, elle en était couverte...

Il courut jusqu'à la maison de maître, fit sortir son cheval de l'écurie, sauta en selle et piqua des deux sans prendre congé de Mourtaza agha. Il s'engagea aussitôt sur la route de la Tchoukourova.

Comment rentra-t-il au village, quand y parvint-il? Quand vit-il l'oncle Ali se dresser sur son chemin? Il ne sait plus. Il ne se souvient que de sa mère, elle poussa un cri quand elle l'aperçut. Ses vêtements étaient couverts de sang et de poussière, mais il n'était pas sérieusement blessé. Son cheval s'était cassé une patte. Sa mère lui promit de lui en acheter un autre, encore plus beau, plus vigoureux. Son père leur avait laissé beaucoup d'argent, ce n'était pas ça qui manquait...

Il brûla de fièvre, longtemps. Puis il guérit, mais il passait ses journées à la maison, il avait peur de sortir, il n'osait même pas aller voir ce qui se passait dans la cour.

Sa grand-mère n'était pas venue le voir. Ses oncles non plus. Personne au village n'était venu demander de ses nouvelles durant toute sa maladie.

On racontait une histoire bizarre dans le village pour expliquer sa longue absence. Comment Hassan l'apprit-il, il ne sait plus, ce n'était sûrement pas sa mère qui lui en avait parlé. On disait que son père était venu l'enlever en pleine nuit, qu'il l'avait emmené sur son cheval, jusqu'à la montagne, et là-haut, il lui avait serré très fort le cou, à lui faire jaillir les yeux des orbites, il lui avait dit, Hassan, maudit Hassan, quel est le salaud qui n'a toujours pas vengé le sang de son père, qui l'a réduit à l'état de revenant, hein Hassan, qui donc laisse son père brûler dans les flammes de la géhenne, et cela va durer jusqu'à la fin des temps, par la faute de qui, hein, Hassan? Et tu te prends pour un homme, Hassan? Il faut que tu meures, Hassan. Plutôt que de vivre dans le déshonneur, comme une bête, de manger le pain de la femme qui a assassiné ton père, mieux vaut mourir, Hassan.

Des mois s'écoulèrent, mais les villageois se répétaient encore cette histoire, terrifiés, ils en avaient la chair de poule.

Hassan finit par ne plus y tenir, il courut chez sa grand-mère.

— Je suis parti de ma propre volonté, criait-il, de toutes ses forces, comme pris de folie, j'ai décidé de prendre la fuite, je voulais quitter ce maudit village! C'est à cause de vous tous que je suis parti! Je n'ai jamais vu le fantôme de mon père, je n'ai rien vu... Ce ne sont que des mensonges... Des mensonges! Vous mentez tous, tant que vous êtes...

Il passa sa journée à traiter de menteurs tous ceux qu'il rencontrait. Les villageois le regardaient d'un drôle d'œil, comme s'ils se trouvaient en présence d'un fou. Même pas. Comme s'il n'était pas un être humain. Comme ils auraient regardé un buisson.

Quand il accosta le vieux Séfer, quand il lui cria qu'il n'était qu'un menteur, lui aussi, le vieillard marmotta une prière:

– Le pauvre enfant! Son revenant de père lui a fait perdre la raison! s'écria-t-il, et il souffla à plusieurs reprises sur Hassan pour éloigner de lui les mauvais esprits.

A ces mots, Hassan se couvrit le visage des deux mains et courut à la maison, il se jeta à plat ventre sur l'une des banquettes de la salle et n'en bougea plus. Sa mère n'osait pas s'approcher de lui pour lui demander ce qui lui était arrivé.

A partir de ce jour-là, il lui fut impossible de rester à la maison. Un sentiment étrange le menait sans cesse dans les rues du village. Les gens qu'il rencontrait s'approchaient de lui, seuls ou en groupe, ils éprouvaient tous le besoin de lui adresser la parole ou de faire des remarques à haute voix :

– Les morts qui reviennent sur terre parce que leur meurtre n'a pas été vengé ont coutume d'enlever leurs enfants. Même s'il s'agit d'un fils unique!

– Les revenants sont capables de tout pour retrouver la paix dans leur tombe!

– Dieu nous garde tous de devenir des fantômes!

– C'est bien pénible d'être un revenant!

— Ce sont surtout les gens qui ont été assassinés et que personne n'a vengés qui sont transformés en spectres!

— Si l'Esmé mourait aujourd'hui de sa belle mort, Halil resterait revenant jusqu'au jugement dernier, aussi bien sur terre qu'en enfer...

— Espérons qu'elle ne mourra pas dans son lit! Ce serait bien dommage pour Halil.

— Au lieu de lui infliger un fils comme ce galopin, Dieu aurait mieux fait de lui donner une pierre comme enfant!

— Mais tuer sa mère, vous croyez que c'est facile? Personne n'en est capable! Tuer sa mère, dont on ne se lasse jamais de respirer le parfum!

— C'est que Hassan est encore trop jeune. Si c'était un homme, il ne laisserait pas Esmé vivre un jour de plus, bien qu'il s'agisse de sa mère!

— Mais c'est bien dur de tuer sa mère...

— Tout le monde n'en est pas capable!

— Il faut être très, très courageux pour le faire!

— Aussi vaillant que Zaloglou Rustem[1]!

— Ou Keuroglou[1]!

— Posséder le courage de Moustafa Kémal ou de Guizik Douran le brigand[1]!

— Seuls les hommes qui ont l'audace de Karayilan[1] peuvent tuer leur mère!

1. Personnages historiques ou légendaires. *(N.d.T.)*

— Le pauvre, un gosse haut comme trois pommes, comment voulez-vous qu'il tue sa mère?

— Et même parmi les braves, il en est beaucoup qui seraient incapables de lever la main sur leur mère...

— Une mère, ça ne se tue pas...

— D'ailleurs, ces histoires de revenant, ce ne sont là que des contes à dormir debout. Ils veulent forcer ce pauvre gosse à supprimer sa mère.

— Mais il est malin, il ne la tue pas!

— Et il ne l'abandonne pas non plus.

— Bravo! Ce n'est encore qu'un gamin, mais il ne permet à personne de tuer sa mère!

— Quel courage chez cet enfant. Il veille sur sa mère. Un gars qui a du caractère, une volonté de fer!

— Ils prétendent que son père est revenu sur terre...

— On s'en fout!

— Dans cette famille, ils sont tous condamnés à devenir fantômes! Combien de meurtres n'ont-ils pas commis, jamais ils ne pourront connaître la paix dans leur tombe!

— Ils affirment que Halil n'a pas été vengé. Quelle blague! Il a été vengé, puisqu'ils ont tué Abbas...

— Mais ils finiront par faire assassiner Esmé...

— Ils la feront tuer par Hassan, par son propre fils.

— Il leur tient encore tête, mais...
— Ce n'est qu'un enfant...
— Ils finiront par le persuader...
— Ils lui feront tuer Esmé...
— C'est la coutume, on fait toujours assassiner les femmes par les enfants!
— Hassan va tuer sa mère...

Hassan avait l'impression de vivre un cauchemar. Une frénésie l'avait pris. C'était pour entendre ces discours qu'il parcourait sans cesse le village... Le vide qu'il ressentait les jours où personne ne faisait allusion à son père ou à sa mère le rendait fou. Ces commentaires lui étaient devenus indispensables, il ne pouvait plus s'en passer, il allait se poster auprès des plus bavards, il ne se lassait pas de les entendre traiter sa mère de garce ou de folle, et commenter les apparitions du spectre de son père. Quand les autres avaient débité leurs histoires, c'était à son tour d'en imaginer de nouvelles, croyant dur comme fer à ce qu'il racontait, il ne distinguait plus le faux du vrai, il vivait dans un univers étrange, où il ne rencontrait que sa mère et le fantôme de son père. Tous les gens au village divaguaient comme lui, convaincus qu'ils étaient de la véracité de leurs affirmations. Jusqu'à Esmé qui avait fini par croire à tous ces mensonges. Même si on l'avait autorisée à s'en aller avec son fils, elle aurait été incapable de quitter le village, la malheureuse semblait envoûtée, tout comme Hassan ou comme la grand-mère. Comme tous les habitants du village.

Les hirondelles s'alignaient côte à côte sur les chambranles des portes. Au village, comme dans toute la Tchoukourova, les hirondelles nichaient à l'intérieur des bâtiments, on en retrouvait dans chaque maison, dans chaque écurie, dans chaque grange. A leur retour de migration, elles réparaient leurs nids hérissés de boue grisâtre, elles s'en construisaient de nouveaux pour y couver leurs œufs et élever leurs petits. Elles avaient beau leur fienter dessus, aux yeux des paysans, la destruction d'un nid d'hirondelle était le plus grave des péchés. On connaissait des gens au village qui s'étaient retrouvés estropiés ou pris de tremblote pour l'avoir commis, on les voyait déambuler dans les rues en traînant la patte, secoués par des convulsions.

Un beau matin, pourtant, ils découvrirent un grand nombre de nids détruits dans le village, des oisillons étaient morts, d'autres agonisaient, d'autres encore se débattaient dans la poussière, leur duvet volait au vent, ils criaient leur terreur de leurs énormes becs jaunes.

Une main criminelle et rageuse avait arraché les nids au plus haut des poutres et des solives, lancé les petits sur le sol. Et cela s'était répété dans chaque maison, dans chaque grange...

Ce matin-là, la terreur s'empara des habitants du village. Ils n'avaient aucun doute sur l'identité de celui qui avait détruit ces nids, ils tremblaient de peur. Les hirondelles avaient envahi le village, agitées, désespérées, elles volaient au-dessus des portes dans un bruissement confus, elles poussaient des cris à vous fendre le cœur, elles s'approchaient de leurs petits qui se débattaient sur le sol, impuissantes, elles s'élevaient dans le ciel pour revenir tracer des cercles de plus en plus étroits, au-dessus des nids éparpillés dans la poussière...

Les villageois se hâtèrent de remettre les nids en place, mais les oisillons étaient morts pour la plupart.

Une dizaine de jours plus tard, au matin, ils trouvèrent les nids à nouveau détruits. A nouveau, les hirondelles s'amassèrent devant les portes. Les petits se débattaient sur le sol, dans la poussière, ils agonisaient en ouvrant très grand leurs becs jaunes. Les villageois passèrent la journée à remettre les oisillons dans les nids que les hirondelles s'efforçaient de réparer. Mais à quoi bon, puisque la nuit suivante...

Tous les petits finirent par mourir. Les paysans

renoncèrent à remettre les nids en place. Durant quelques jours, les hirondelles se pressèrent sur les chambranles des portes, mais elles finirent sans doute par perdre tout espoir, car on n'en revit jamais plus au village. Tout le monde connaissait le coupable, mais les gens n'osaient pas en parler entre eux.

Le village était plongé dans l'affliction et la méfiance, les gens s'attendaient au pire... Depuis des siècles, les hirondelles construisaient des nids dans les ruines de l'Anavarza, au-dessus des corniches ou dans les cintres des voûtes. Ce fut un berger qui vint apporter la nouvelle, le visage congestionné tant il avait couru tout au long du chemin. Il raconta que tous les nids avaient été détruits dans les ruines de la citadelle, les serpents étaient en train d'engloutir les oisillons éparpillés sur le sol.

– Je l'ai vu de mes yeux ! jurait le jeune berger. Dieu me prenne les deux yeux si je mens !

La main criminelle s'en prit ensuite aux aigles... Les rochers s'emplirent d'œufs brisés et d'aiglons agonisants. Les aigles emplissaient le ciel de l'Anavarza, ils tournaient avec fureur dans un grand bruissement, au-dessus des ruines. Et sans cesse des coups de feu retentissaient dans les rochers.

Un jour, les flammes jaillirent en un brasier immense, un cercle aussi large que dix aires au moins, où retombaient les hirondelles et les aigles touchés par les balles. Les rochers brûlaient. Les oiseaux, les renards, les serpents fuyaient l'incendie en poussant des clameurs. Tout se mit à brûler, arbres, herbes, maisons...

Puis le feu se rapprocha, atteignit le village, quelqu'un avait lancé des chiffons imbibés de pétrole à l'intérieur de la maison de maître, par les fenêtres. Le feu prit tout d'abord dans la salle, la grande porte s'enflamma. Les piliers s'embrasèrent. Le vent du nord soufflait avec force. La maison flambait de toutes parts. Très vite, le feu gagna l'écurie, l'étable, les granges, et de là, les flammes bondirent jusqu'à la maison d'Esmé. Elle s'était aussitôt levée, habillée, mais elle n'arrivait pas à réveiller Hassan. Elle le roula dans sa couette, le porta jusqu'à la cour, au pied d'un arbre. Entre ses paupières, l'enfant contemplait les flammes qui s'élevaient autour de lui. A présent, Esmé faisait glisser un énorme coffre sur les marches de l'escalier. Elle parvint à grand-peine à le traîner jusqu'à l'arbre, à côté de l'enfant.

— Réveille-toi, réveille-toi, Hassan, criait-elle. Tout ce que nous possédons de plus précieux se trouve dans ce coffre, prends-y garde...

Il faisait clair comme en plein jour. Les paysans s'entassaient dans la cour, à peine vêtus d'un caleçon et d'une chemise, ils couraient çà et là entre les flammes immenses qui s'élevaient de la grande maison et les pans de murs qui s'écroulaient. Des hennissements, des mugissements montaient des écuries et des étables. Le vent fou arrachait des flammèches au brasier, les répandait sur le village. Trois cabanes s'enflammèrent brusquement et, très vite, elles furent réduites en cendres. La maison de maître brûlait toujours, quelques hommes s'évertuaient encore à verser des seaux d'eau sur les flammes, qui faiblissaient un bref instant pour s'élever de plus belle.

Tout au long de la nuit, Hassan fit mine de dormir. De temps en temps, sa mère venait se pencher sur lui :

— Dors, mon petit, dors, lui chuchotait-elle, ils n'ont rien remarqué, c'est bien fait pour tous ces mécréants... Dieu te bénisse, dors bien, mon petit...

Hassan finit par se redresser et il lui ferma la bouche de sa main :

— Tais-toi, tu vas me trahir, tu vas me faire tuer, tais-toi ! murmura-t-il, puis il se recoucha et continua à simuler le sommeil.

Au matin, il se leva, très calme, comme si rien ne s'était passé. Il alla se débarbouiller. Les gens, qui allaient et venaient dans la cour, avaient l'air épuisé. La grand-mère s'était accroupie, minuscule, au pied du mur. Esmé continuait à sortir des ruines des meubles à moitié calcinés. Hassan redressa la tête et aperçut son fusil, accroché au mur. Il l'avait oublié, au début de l'incendie. Mais sa mère y avait pensé, elle. Elle l'avait sorti de la maison et l'avait suspendu là, à l'abri des flammes.

Une fumée légère montait des ruines, se mêlait à la brume de l'aube, la cour sentait très fort la laine et la chair brûlées.

Ce matin-là, Hassan se sentit heureux, comme il ne l'avait pas été depuis longtemps.

Les valets transportèrent ce que sa mère avait pu sauver de l'incendie à une petite maison au toit couvert de zinc, derrière le mur de la cour, près d'un immense saule pleureur. La grand-mère, elle, s'installa dans une bâtisse à deux étages, aux murs épais où les madriers de l'ossature étaient disposés de biais. À nouveau, ils étaient voisins...

Les discussions n'en finissaient plus au village, on se demandait qui avait fait le coup. Les gens s'accusaient les uns les autres. Ils commencèrent par dénoncer aux gendarmes les trois fils de Kizir, qui furent expédiés en prison. Leur mère et leurs femmes se lamentaient du matin au soir et faisaient pleuvoir les malédictions sur le village.

Osman le Noir que l'on soupçonna par la suite fut retrouvé dans un fossé au bas du village, il avait été tué de quatre coups de couteau.

Tous les paysans s'étaient mis au travail pour

enlever les décombres. Pour rebâtir les maisons, on fit venir des maçons de la montagne.

Hassan passait ses journées à chasser dans la roselière. Ou alors, il allait s'asseoir dans les ruines de l'Anavarza pour y réfléchir. La montagne et les rochers embaumaient le thym.

– J'ai vu ton père. J'ai vu ton père, mon petit Hassan. Un chien jaune s'est mis à me suivre, la lune s'était levée, il faisait clair comme en plein jour, le chien jaune tirait la langue, une langue longue d'un empan. De temps en temps, il s'asseyait, tendait le cou pour hurler à la lune. Quand je suis entré dans la gorge d'Alikessigui, j'ai été pris de peur. C'est alors que j'ai vu le chien jaune prendre l'apparence d'un homme. Et il redevenait chien, puis il se transformait en homme. Tantôt je voyais un humain vêtu d'un linceul, tantôt je revoyais le chien hurler à la lune. Finalement ils ont disparu, l'homme et le chien. Alors, un serpent a surgi devant moi, tout rouge, étincelant. Les rochers, les chemins, les moissons, les champs, les roselières, tout rougeoyait dans la nuit, un torrent de sang se répandait avec fracas du haut de l'Anavarza, il emportait tout sur son passage, jusqu'aux rochers... Le sol s'est mis à trembler. Brusquement, j'ai vu Halil en face de moi, livide, vêtu d'un linceul, il m'a saisi les mains, il m'a dit, écoute-moi bien, Molla Husseyine, écoute-moi, frère, écoute-moi bien, ma situation est épouvantable. Mieux vaudrait l'enfer ! Il y a trois jours, je me suis retrouvé transformé en âne, j'appartenais à un pauvre paysan. L'autre jour, j'étais un sanglier, j'errais dans ces montagnes. Il y a un mois, je suis même devenu le chien de la mère d'Abbas, de mon ennemi ! Et puis, j'ai été transformé en sauterelle. Les paysans ont mis le feu au nuage de sauterelles. J'ai été le seul à pouvoir m'échapper, moi, en sautillant tout au long du chemin.

Hassan se couvrit le visage des deux mains.

Ali se dressait au pied du saule pleureur :

— Viens ici, Hassan ! cria-t-il.

Hassan courut vers lui :

— Sois le bienvenu, l'oncle Ali ! Où étais-tu passé depuis tout ce temps ? Tu m'as beaucoup manqué...

— Je m'étais enfui, dit Ali. Et je vais à nouveau prendre la fuite. Que pourrais-je faire d'autre ? Je suis condamné à fuir jusqu'à la fin des temps !

— De qui as-tu peur ? lui demanda Hassan. Que fuis-tu ainsi ?

— J'y suis bien obligé. Je continuerai à fuir. Toi aussi, tu prendras la fuite. On n'y peut rien, ni toi ni moi. Telle est notre destinée...

– C'est bien ce qu'il semble, dit Hassan en baissant la tête avec résignation.

– Montons jusqu'aux ruines, proposa Ali.

– Je vais chercher mon fusil.

Ils se mirent en route vers les rochers de l'Anavarza, ils gravirent les marches des grands escaliers et atteignirent les remparts. Sur la route en bas, passaient sans cesse des camions, des autobus, des voitures, des batteuses, des charrettes. Une trombe de poussière tournoyait à toute allure dans la plaine. Ils s'assirent sur un rocher.

Ali était un homme de haute taille, encore jeune, mais son cou se plissait déjà de rides. il avait les traits durs, le nez aquilin, l'air courroucé. Mais de temps en temps, la fureur s'effaçait de son visage, et il semblait alors sur le point de pleurer.

– J'en ai marre, dit-il. Donne-moi un conseil, viens à mon secours, Hassan, tu es mon unique consolation, toi seul, Hassan, peux remédier à mes soucis, mon vaillant neveu ! Je t'ai apporté ce pistolet, prends-le. C'est un pistolet d'ordonnance, une arme bulgare. La crosse est ornée de nacre et d'ivoire. Il appartenait à ton père. Depuis la nuit où il a été tué, ton père me poursuit partout où je vais. La nuit même de sa mort, quand je me suis retourné pour regarder derrière moi, je l'ai vu surgir sur le chemin, Halil était devenu un spectre blanc, aussi grand qu'un peuplier. Son visage, son nez, ses oreilles, c'était bien lui. Mais ce n'était plus qu'une ombre. Je lui ai dit, parle Halil, que me veux-tu ? Il s'est penché vers moi, il m'a dit, ah mon frère, écoute-moi bien, il faut me venger, tu es le plus jeune, mais le plus brave de mes frères, mon fils n'est encore qu'un enfant. C'est donc à toi de tuer celle qui m'a fait assassiner. Ne laisse pas mon fantôme errer ici-bas. Voilà ce qu'il m'a dit... Mais, Hassan, il n'est pas au monde une seule femme plus belle que ta mère. Dieu s'est donné bien du mal quand il l'a créée ! C'est pourquoi je n'ai pas pu la tuer, je n'en ai pas eu le courage. La nuit même de l'enterrement de ton père, je suis entré chez vous, je tenais ce pistolet à la main, ta mère, la plus belle de toutes les femmes, m'a regardé, elle m'a dit, tue-moi, mais mon fils doit ignorer que son oncle n'est qu'un assassin, il vous haïrait tous ! Il haïrait sa famille. Elle m'a dit, je sais que vous finirez par me tuer, alors fais vite, délivrez-moi de mes tourments, et elle a baissé la tête, elle m'a répété, appuie sur la détente, Ali. Ma main tremblait, j'étais incapable d'appuyer sur la détente. Ta mère est l'une de ces beautés que Dieu crée une fois tous les mille ans, ou tous les deux mille ans, je n'ai pas pu la tuer. Je le lui ai dit, je ne pourrai jamais te tuer, ma sœur, voilà pourquoi je m'en vais, j'abandonne ce village, qu'un autre te tue, moi j'en suis incapable, je ne pourrai jamais lever la main sur une créature aussi belle que toi. Et là-dessus, je suis parti. Et quand j'ai regardé derrière moi, j'ai vu Halil, immense dans son linceul, il pleurait comme un enfant. Je lui ai dit, je n'ai pas pu, je ne pourrai jamais, Halil, je suis prêt à tuer n'importe qui, même ma propre mère, pour que tu cesses d'être un revenant, n'importe qui, sauf Esmé, je ne pourrai jamais la tuer, elle, et il en serait de même pour toi si tu étais à ma place, Halil, tu ne pourrais pas tuer Esmé... Aucun homme au monde n'en est capable, s'il a tant soit peu d'humanité... Halil s'est jeté de tout son long sur le chemin, il gémissait, il tremblait si fort que le sol en tremblait aussi sous lui ! Il me suppliait, il me répétait, tue-la et délivre-moi ! Je sais bien que personne n'est capable de la tuer, mais fais-le, toi. Quiconque la voit tombe sur-le-champ amoureux d'elle, tout comme je l'étais, il ne s'agit même plus d'amour, c'est une passion folle, c'est pourquoi personne n'est capable de la supprimer. Ali, tue-la, au risque ensuite de mourir d'amour pour elle, tue-la, mes souffrances sont intolérables. Terrifiantes, a dit Halil. Il se lamentait, gémissait...

Jour et nuit, Halil poursuivait son frère. Ali fuyait à Mersine, il y retrouvait le spectre qui l'implorait. Tue-la, répétait Halil, les cloportes, les scorpions, les vers, les mille-pattes grouillent dans ma tombe, ils me dévorent, sauve-moi, Ali, tant que je ne serai pas vengé, les serpents et les vers continueront à me dévorer dans ma tombe, ils ne s'arrêteront qu'au jugement dernier. Tu comprends quels sont mes tourments, Ali ? Tue-la, Ali, je ne peux plus supporter ces souffrances, ils me dévorent ! Mon fils n'est encore qu'un enfant. Et sa mère est la plus belle de toutes les mères... Ali, elle m'a fait assassiner, mais je suis toujours amoureux d'elle...

Alors, Ali fuyait à Istanbul. Halil l'y suivait. Ali ne connaissait plus la paix. Partout où il allait, le fantôme se dressait sur sa route pour l'implorer...

— Je suis revenu trois fois, pour tuer Esmé, en me jurant d'en finir avec elle. Et chaque fois, elle m'a dit, tue-moi, frère Ali, délivre-moi de cette attente. Mais jamais je n'ai pu. Je suis incapable de la tuer. Hassan, prends ce pistolet, c'est celui de ton père. Tu as grandi. Tu es devenu un homme. C'est à toi désormais de venger ton père...

Il vanta longuement la beauté d'Esmé, affirma une fois de plus qu'aucun être au monde n'aurait le courage de la tuer, puis il dévala les rochers, sans même dire adieu à Hassan...

— Ta mère est la plus belle femme au monde, ne te laisse surtout pas tenter par le diable, disait Doursoune.

La plaine se transformait en mer. La mer, il savait ce que c'était, il l'avait vue à Payas, au pied de la citadelle. La mer était immense et elle rugissait. Sa mère était avec lui. Il y avait un tas de bateaux sur la mer. Sa mère et lui, ils montaient sur l'un des bateaux. Le bateau pénétrait dans une forêt. Et les rochers du Mont Hémitè se dressaient sur leur route, la proue acérée du bateau fendait les rochers violets, d'où jaillissait de l'écume blanche.

— Arrêtez ! leur cria Ali. Je comptais vous tuer tous les deux, vous avez bien fait de venir...

La proue du navire fendait les rochers violets d'où jaillissait l'écume, tous les tons du bleu retombaient en pluie sur eux, et des rochers violets pleuvaient du ciel, Ali brandissait le pistolet de son frère, il les en menaçait, l'enfant avait peur, il se faisait tout petit...

— Il va pleuvoir des pierres sur la Tchoukourova ! Ce malheureux Halil qui était si courageux, lui... Pourquoi son fils, sa mère, ses frères ne vengent-ils pas son meurtre, puisqu'ils sont encore en vie, eux...

Tenant sa blessure de ses deux mains, Halil avance dans la roselière violette. Les roseaux sont bizarres, comme taillés en pointe, ils pénètrent dans les bras, dans les jambes, dans la poitrine de Halil. Il court, il hurle. Ses yeux lui sortent des orbites, il crie, sauvez-moi, au secours... Il roule dans un marais, qui s'emplit de sang. Le marécage bouillonne, du sang en jaillit. La tête de Halil disparaît dans la vase, elle en surgit à nouveau...

— Il va pleuvoir des serpents sur la Tchoukourova... Il va y pleuvoir du feu... Il va pleuvoir des sauterelles, des crapauds, des vers de terre, des scolopendres... Adana va disparaître sous les eaux, Tarse dans les marais, les vents détruiront Djeyhan, les serpents envahiront Missis... Autrefois, le Château de l'Anavarza fut consumé par les flammes, et tous ceux qui y vivent encore seront exterminés par les fourmis et les moustiques...

Hassan vit son père, lui aussi. Halil le regardait, il riait aux éclats en se tenant les côtes, il le regardait d'un air bizarre, comme avec mépris :

— C'est un homme, ça ? répétait-il.

La grand-mère était dans son lit. Elle était très pâle, avec des cernes verdâtres sous les yeux. Même ses mains étaient verdâtres.

— Je me meurs, Hassan, mais je ne mourrai pas tout de suite. Car une fois que je serai morte, qui vengera le sang de mon fils ? Vous n'êtes tous que des lâches. Ce pas grand-chose d'Ali, ton oncle, il veut épouser ta mère, la meurtrière de son frère ! Son amour pour elle lui a fait perdre la tête, il erre dans les montagnes, égaré par sa passion. Comment donc pourrais-je mourir en paix, je te le demande, mon petit Hassan. Comment peut-on tomber amoureux de la meurtrière de son propre frère ? Elle est très belle, je le sais. On n'ose pas s'en prendre à elle. L'homme qui la voit est incapable d'appuyer sur la détente. J'ai dépensé une fortune pour la faire assassiner, mon petit Hassan, personne n'en est capable. Dès qu'ils l'aperçoivent, ils en deviennent tous comme ensorcelés, mon petit Hassan...

Même les enfants ne peuvent pas la tuer, même les enfants...

Au village de Djankizak, là-haut dans les montagnes, habite Hadji le Brigand. Il a sept fils. Tous des enfants encore. Leur âge varie entre dix et quinze ans. Tous mineurs, ils ne risquent donc pas des peines bien graves.

Dès que ses enfants atteignent l'âge de raison, Hadji le Brigand leur confie un pistolet. Ils sont formés par d'anciens brigands, des types aux moustaches énormes. Très vite, les enfants deviennent des tireurs d'élite capables d'atteindre à l'œil la grue en plein vol, à la patte le lièvre en pleine course ! Et alors ils se mettent à tuer...

Hadji le Brigand est devenu très riche. Quiconque veut se débarrasser de quelqu'un va trouver Hadji, j'ai un ennemi, un tel ou un tel, lui dit-il, prête-moi l'un de tes fils pour qu'il tue mon ennemi, combien cela va-t-il me coûter ? Cent mille livres, lui dit Hadji, pas un sou de moins, car ce genre de boulot est dangereux, on peut en crever, et puis aujourd'hui, même les enfants sont expédiés en prison, certes une vie humaine est inestimable, la valeur d'un homme ne se mesure pas avec de l'argent, mais hélas, notre métier à nous, c'est le meurtre, c'est bien regrettable, en tout cas il faudra me donner cent mille livres pour ce petit travail. La grand-mère de Hassan était prête à les verser, ces cent milles livres, mais le fils de Hadji, encore un gosse, était venu jeter son pistolet aux pieds de la grand-mère, il lui avait dit, je me suis retrouvé comme paralysé quand je l'ai vue, j'ai été ébloui par l'éclat de sa beauté, je ne pourrai jamais tirer sur Esmé, par contre, si tu le désires, je peux très bien abattre son fils, mais pour ce qui est d'Esmé, je ne pourrai jamais !

Dans ces montagnes, beaucoup de gamins sont dressés à tuer pour de l'argent, il y a un tas de types prêts à tuer dès qu'on les paie pour cela, mais on n'y trouve personne qui consente à assassiner Esmé...

— Toi non plus, tu ne pourras jamais, Hassan, tu n'auras pas le cœur à tuer ta mère qui est si belle. Elle va sûrement se remarier avec un méchant homme, Hassan. Mon fils était le plus bel homme du monde, mais elle va introduire un minable dans la couche qui était celle de son mari, Hassan, comment veux-tu que je n'en meure pas ? Tu ne la tueras pas, toi non plus, bon, ne la tue pas, Hassan. Personne n'en est capable, tous ceux qui l'aperçoivent sont pris d'amour pour elle. Toi non plus, tu ne pourras pas la tuer, mon petit. Tant pis si des cloportes pénètrent dans le lit qui fut celui de mon fils ! Dire que je n'osais pas l'embrasser, mais ils ont fait couler son sang vermeil. Que pourrais-je faire, moi ? La meurtrière de mon fils ose s'afficher devant moi, elle se fait belle, elle se pare, elle se pavane sous mes yeux...

Le vent du nord soufflait avec violence, il déracinait les arbres, emportait les moissons, les arbres tremblaient, des nuages de poussière montaient sur les routes. Des aigles planaient dans le ciel, offrant leur poitrine au vent fou...

Le cercle de feu se retrécissait autour de lui, les flammes hautes de la taille de dix hommes le cernaient, de plus en plus proches. Hassan ne pouvait pas fuir, il n'osait plus lever les yeux. Le cercle de feu se resserrait. Il étouffait.

— Tu n'as rien mangé depuis trois jours, mon petit...

La sueur perle sur le front de l'enfant.

— Si tu ne manges rien, mon petit...

Hassan tourne le dos à sa mère, il se refuse à la regarder.

— Hassan, si on ne mange rien pendant trois jours de suite...

Hassan est devenu tout rouge.

— Est-ce que tu as envie de mourir ?

Eh oui, Hassan voudrait mourir. Il ne demande que ça...

Hassan n'ose plus lever les yeux sur les gens. Et les autres détournent le regard dès qu'ils l'aperçoivent. Même ses oncles. Même les pires voyous du village. Personne ne lui adresse plus la parole.

Qui a mis le feu aux maisons ? C'est Hassan, bien sûr. Tous sont d'accord là-dessus au village...

On peut s'attendre à tout avec un garçon qui ne venge pas la mort de son père, qui laisse errer son âme en peine, il est capable de mettre le feu aux maisons, au risque de faire brûler vifs les gens. D'y griller lui-même.

Qui a détruit les nids, qui a massacré les hirondelles ? C'est Hassan, bien sûr.

Que peut-on attendre de bon d'un garçon qui se refuse à venger le meurtre de son père ? Il est capable de tuer des enfants innocents. Et même des cigognes !

— Puisse la foudre le terrasser !

— Regardez-le faire le fanfaron dans le village !

— Il ressemble à un serpent !

— Il fuit sans cesse...

— Comme si quelqu'un le poursuivait !

— Tout fiérot...

— Comme s'il avait tué la meurtrière de son père !

Il entre dans le village, il erre dans les ruelles, il cueille des figues de Barbarie, les épines s'enfonçent dans sa peau, il faut aussitôt se frotter les doigts avec du sable fin pour s'en débarrasser. Il est incapable de quitter le village. Ces gens qui depuis des mois, depuis des années, parlaient sans cesse de son père, ne font plus allusion à lui, à son fantôme, à ses apparitions chaque nuit dans le village, on dirait qu'ils l'ont oublié... Ou plutôt, ils ne parlent plus de lui en présence de l'enfant. Hassan crève de curiosité. Que peuvent-ils bien raconter à présent ? Dès qu'ils voient Hassan, ils se taisent, tous...

Le jour où il apprend d'un enfant du village ce que l'on y raconte de nouveau, il est fou de joie.

Halil est toujours amoureux d'Esmé, disent les gens. C'est pour la revoir qu'il surgit de sa tombe et parcourt le monde, il meurt d'envie de faire l'amour avec Esmé, un jour peut-être il l'étranglera. Un jour sans doute, on la découvrira morte, jetée du haut des rochers de l'Anavarza. Ou dans la rivière, étranglée, le visage violacé...

Les hirondelles, les cigognes, les serpents, les flammes poursuivent Hassan. Il ne dort plus. Il se lève en pleine nuit, quitte la maison aux premiers chants des coqs, il gravit les rochers de l'Anavarza, il grimpe tout en haut, au-dessus d'un abîme d'une profondeur de dix peupliers peut-être, les rochers s'élèvent au-dessus de la plaine, à pic, acérés, au pied des remparts de la citadelle...

Il fait noir. Hassan avance à l'extrême bord des rochers comme sur la lame d'un couteau, à deux doigts de l'abîme, au-dessus de la plaine pavée de mosaïque. S'il y roulait, il serait réduit en miettes, il ne resterait plus rien de lui. Hassan le sait. Il le sait et c'est avec terreur qu'il avance sur la crête des rochers. Il marche longuement. Quand il termine son parcours, il ruisselle de sueur. Il ouvre les yeux, il regarde en bas, au fond du gouffre sombre, il n'est pas tombé cette fois encore, il respire profondément, puis il rentre au village. Et chaque jour, c'est la même chose.

— Personne au village ne doit lui adresser la parole, c'est un maudit, déclara Haydar le Fou, il ne lui restait plus une seule dent, ce qui lui creusait profondément les joues. Il finira par devenir fou. Chaque nuit, chaque nuit, je l'ai vu de mes yeux...

— Personne ne doit même poser les yeux sur lui, dit Remzi Cœur-de-pierre, l'ancien brigand, il avait assassiné, puis dépecé sa propre sœur. Ou il deviendra fou, ou alors...

Il repoussait des dents dans la bouche de la vieille Meryem. Sa voix était aussi légère que la susurration d'un moustique.

— Je vais parler avec lui, dit-elle, mieux vaut qu'il ne meure pas, ce pauvre enfant, déjà que son père est devenu revenant !

— Et quel brave garçon, s'écria Zala la coquette. S'il était un peu plus grand, je l'aurais décidé à quitter ce village avec moi !

— Je les ai vus de mes yeux, déclara Moustan. Chaque nuit, son père lui fait gravir les rochers de l'Anavarza, il le tient par la main, il le fait marcher à l'extrême bord du précipice ! Dans le noir ! Un jour, Halil le fera rouler dans l'abîme !

Il se grattait sans cesse la barbe tout en parlant. Une barbe aux longs poils rares.

Hassan se réveilla de bonne heure. Il se débarbouilla à grande eau, s'habilla, déjeuna de bon appétit, puis s'en alla voir sa grand-mère. Depuis pas mal de temps déjà, la vieille femme ne lui adressait plus la parole. Dès qu'il s'approchait de son lit, elle lui tournait le dos et ne remuait plus jusqu'à son départ. Alors seulement, elle s'animait et se mettait à grommeler, Hassan l'entendait souvent lui lancer des malédictions.

— Dis-moi quelque chose, grand-mère. Parle-moi. Raconte-moi comment mon père est devenu revenant. Raconte. Dis-moi aussi ce qu'il faut faire pour le sauver. Est-il vrai que mon père est dévoré par les vers et les rapaces, raconte, grand-mère...

Chaque jour un peu plus, les vers dévoraient son père. Les vers le dévoraient tout entier, mais chaque nuit, Halil se transformait en spectre, à nouveau, chaque nuit...

— Comment le dévorent-ils, dis-moi, grand-mère ?

La grand-mère ne parlait plus avec lui. Tout comme ses oncles et comme les enfants de ses oncles, comme tous les enfants du village. Sa mère elle-même ne parlait plus...

Le soleil était déjà brûlant. La rivière coulait, scintillante comme de l'argent liquide. Hassan fuyait le village. La chaleur se faisait de plus en plus torride. Il courait en suivant la berge de la rivière, dans la direction de Doumlou. Au loin, la citadelle oscillait légèrement sous une brume rougeâtre. Hassan ne portait pas de souliers. La poussière du chemin lui brûlait les pieds. Il mourait de soif.

Le soleil baissa à l'horizon, le soir tomba, le vent d'ouest se mit à souffler. Mais Hassan ne s'arrêtait même pas pour se rafraîchir le visage et apaiser sa soif dans les eaux de la rivière à ses pieds. Il avançait, couvert de sueur et de poussière, tenté sans cesse de faire demi-tour. La peur était partout, devant lui, derrière lui aussi. Soudain, il revint sur ses pas, sans savoir quand ni pourquoi il l'avait fait. Vers minuit, il se retrouva au pied de l'Anavarza. Les rochers semblaient plus immenses que jamais dans le noir. De la colline montait une rumeur, on aurait dit les gémissements d'une énorme bête blessée. Le vent faisait s'envoler les herbes, les branches, les pierres. Il grimpa jusqu'au sommet, en courant de toutes ses forces, à en perdre haleine. Ses genoux et ses mains étaient en sang. Là-haut, l'air sentait très fort le thym calciné par le soleil. Il s'élança vers le bord de l'abîme, il se mit à marcher comme sur une corde raide, le tumulte l'assourdissait, épouvanté il vacillait comme un ivrogne sur la crête des rochers. Il pensait sans cesse au précipice sous ses pieds, il tremblait dans la nuit, comme pris d'ivresse. Et soudain, il l'aperçut. Il chercha à l'éviter, mais l'autre se jeta sur lui. Hassan était incapable de crier. Il ouvrait la bouche, en vain. Il étouffait, il s'étranglait. Soudain, l'étreinte sur sa gorge se desserra, à présent il arrivait à respirer. Il put se redresser, ses genoux se dérobaient sous lui, mais il se remit à marcher au bord de l'abîme. A présent, il avançait d'un pas léger, comme s'il menait une farandole. Et la peur en lui augmentait sans cesse.

Il marcha ainsi toute la nuit, trempé de sueur, allant et venant sans arrêt à l'extrême pointe des rochers. Jusqu'au moment où il se sentit incapable de se tenir sur ses jambes. Jusqu'au point du jour. Et quand le soleil se leva et qu'il distingua le fond du gouffre, il eut le vertige, les herbes, les fleurs desséchées, les guêpes, les papillons, les rochers, tout tournait autour de lui, pêle-mêle. La rivière en bas n'était qu'un ruisseau, les routes de la plaine étaient toutes minces, on aurait dit des rubans, les hommes n'étaient plus que des fourmis, de minuscules insectes qui tournaient eux aussi dans cet immense kaléidoscope. Un tout petit camion rouge avançait dans la poussière, grand comme le pouce. L'univers chavira, Hassan retomba entre deux rochers, il haletait. Un long moment, il resta là, immobile.

A présent, il faisait très chaud. Les rochers étaient brûlants. Hassan transpirait à grosses gouttes, les oreilles lui bourdonnaient. Il avait le vertige, il ne savait plus si c'était le jour ou la nuit. Il était incapable de réfléchir. Des serpents rouges, éclatants comme le rubis, bondissaient au-dessus des rochers en illuminant l'univers sur leur passage. Toujours vêtu de son linceul, Halil s'attaquait aux serpents translucides et, des serpents qu'il tuait, jaillissaient des éclats de lumière qui montaient jusqu'au ciel, ils retombaient en une pluie d'étoiles. Mais les serpents reprenaient vie sitôt qu'ils avaient touché le sol. Des insectes à la carapace épaisse et miroitante tapissaient la plaine, les chemins et les rochers. Pareils à des boutons blancs, des escargots recouvraient entièrement les herbes, les buissons, les troncs et les feuilles des arbres.

Hassan cherchait en vain à se redresser, il était épuisé, son corps était douloureux. Il n'avait qu'une idée en tête : se remettre à marcher au bord de l'abîme, il était persuadé qu'il mourrait s'il ne le faisait pas. Les rochers étaient si élevés qu'il avait le vertige. En bas sur la route, le camion rouge était minuscule. C'était la mort à coup sûr s'il tombait. Il tremblait de peur. Il rampa jusqu'au rebord, parvint à se lever en se retenant aux rochers, la plaine en bas était lointaine, elle s'étalait, toute plate; jusqu'au Mont des Giaours. La forteresse de Hémitè, la Citadelle aux serpents et Toprakkalè disparaissaient dans la brume. La plaine étincelait, elle baignait dans la lumière, il ne faisait sombre qu'au pied de la colline, là où il n'osait pas regarder.

Hassan s'anima brusquement, il se remit à marcher en posant le pied tout au bord du vide, il était terrifié, il perdait la tête tant il avait peur. En plein jour, il avait encore plus le vertige. Il y avait si longtemps qu'il déambulait ainsi, vingt-quatre heures peut-être, il en avait fait, du trajet...

A nouveau, il défaillit, il lui était impossible de marcher, il se balançait, face à la plaine, au bord de l'abîme, il vacillait en se répétant qu'il allait tomber. Tout s'assombrissait autour de lui, puis une lumière éclatante venait l'aveugler. Lui continuait à chanceler. Le tumulte était assourdissant. Plus il se balançait, plus le vacarme augmentait.

Il finit par perdre conscience et retomba en arrière, il avait failli rouler au bas de la montagne, mourir déchiqueté par les rochers, les aigles auraient eu vite fait de dévorer ses restes.

L'homme au suaire était revenu, précédé d'une multitude de serpents rouges. Hassan, lui disait-il, Hassan, n'es-tu pas mon fils, ne t'ai-je pas engendré, serais-tu incapable de venger ton père ? Tu vois ces centaines de serpents rouges, là, devant moi, il ne s'agit pas de vrais serpents, mais d'âmes qui n'ont pas été vengées ! Des gens qui ont été assassinés, mais dont le sang souille encore le sol, parce que personne n'a assuré leur vengeance ! Ce sont tous des revenants, qui hantent la terre sous forme de serpents ! Les démons m'ont placé à leur tête. Mais si mon meurtre n'est pas vengé au plus vite, je ferai, moi aussi, partie de ce troupeau. Comment peux-tu te résigner à voir ton père souffrir tous ces tourments ? N'es-tu pas mon fils, n'as-tu pas pitié de moi, Hassan ? Est-ce que j'ai mérité d'être transformé en serpent et de ramper ainsi jusqu'au jugement dernier ? Hassan, mon enfant, il faut écraser le serpent, Hassan !

Hassan reprit conscience. Mais il avait beau fuir, les ruines de la vieille citadelle s'abattaient sur lui, les hirondelles, les serpents rouges, les flammes de l'incendie le poursuivaient.

Le village avait retrouvé la parole. Tous parlaient, des enfants de sept ans aux vieillards septuagénaires. Il n'était question que d'Esmé. Et puis le fantôme était revenu au village, tout le monde avait pu converser avec lui, il s'était tout d'abord rendu chez sa mère, il s'était longuement entretenu avec elle, il n'avait pu s'empêcher de se montrer dans le village, il était allé s'asseoir au pied d'un arbre. Autour de lui, l'air sentait l'oranger en fleur. Il s'était mis à crier, en plein village, voilà que je me retrouve berger de serpents, et je deviendrai moi-même serpent, un long serpent rouge translucide. Ne permettez pas aux démons de faire de moi un serpent, écrasez le serpent, il faut écraser le serpent !

Puis, son corps avait comme explosé, et une pluie de serpents s'était abattue sur le village...

La grand-mère ne lui faisait plus la tête, elle semblait de bonne humeur. Elle lui caressait les cheveux, longuement, il en était tout fier. Elle parlait même avec lui, c'était bon signe, les gens du village allaient donc lui adresser la parole, il était sauvé. Il l'écoutait avec toute son âme, avec passion...

— Tu sais, Hassan, si ton père revient sur terre, ce n'est pas seulement parce que sa mort n'a pas été vengée, c'est aussi par amour. Oui, il est toujours amoureux de ta mère. Il est jaloux d'elle. Je ne supporterai jamais, dit-il, qu'un autre entre dans la couche de ma femme, il a raison, Hassan, comment un autre pourrait-il entrer dans le lit qui a été celui de ton père ? Approche-toi, mon petit...

Elle l'attira contre sa poitrine :

— Tu ne sais pas, toi, chuchota-t-elle, tu n'es encore qu'un enfant, écoute-moi, bien sûr, tu n'es encore qu'un enfant, mais tu as tout de même grandi, tu es devenu un brave, toi aussi, un homme plein de courage, un garçon vaillant comme toi ne laisse pas dormir sa mère avec un autre homme que son père. Rapproche-toi, personne ne doit entendre ce que je vais te dire, on raconte que ta mère reçoit chaque nuit des hommes chez elle, tout le monde le sait au village, tout le monde est au courant. Qu'en penses-tu, Hassan ? La mort de ton père n'a pas été vengée, et ta mère est si belle que personne n'a le courage de la tuer. Bon, nous n'y pouvons rien. Mais toi, que vas-tu devenir, mon enfant, comment oseras-tu regarder les gens dans les yeux dorénavant ? Tout le monde est au courant de ce qui se passe. Les gens ne diront-ils pas « l'enfant de la putain » quand ils parleront de toi ? Qu'en dis-tu, Hassan ? Vas-tu porter cette souillure au front jusqu'à la fin des temps, comment pourras-tu la nettoyer ? Je n'en ai plus pour longtemps, Hassan. Mais mon fils est mort, il n'a pas été vengé, et voilà mon petit-fils perdu d'honneur !

Elle repoussa légèrement Hassan. Le visage de l'enfant était aussi pâle que celui d'un mort. La vieille femme en fut tout heureuse. Elle avait visé juste. Les enfants sont toujours jaloux de leurs mères...

— Inutile de passer tes nuits à guetter ta mère.

Elle est pleine de ruse. Quand une femme a envie de coucher avec un homme, elle arrive toujours à ses fins, même si son mari est là, c'est pourquoi cela ne servirait à rien que tu cherches à la surveiller. Va plutôt demander aux gens, tout le monde a vu ta mère avec ses amants...

Elle parla longuement encore. Et sans cesse, elle louait la beauté de sa bru.

Quand Hassan sortit de la chambre, il vacillait sur ses jambes. La douleur qui étreignait son cœur était effroyable. Il passa par la place du village. Les gens lui adressaient la parole, ils en avaient des choses à lui raconter, à présent !

Deux mois s'écoulèrent ainsi. Les villageois ne parlaient plus que de l'inconduite d'Esmé. Leurs paroles résonnaient dans la tête de l'enfant, il voyait le visage, les jambes, le corps nu d'une femme très belle, des hommes l'étreignaient. Il en perdait la raison, pourtant il ne se lassait pas d'entendre ce que les gens racontaient. Il lui semblait qu'il crèverait s'il ne les écoutait pas. Et eux, comme envoûtés par la grand-mère, répétaient ses affirmations, en y ajoutant mille détails, ils étaient tous sous son emprise. Tout comme Hassan. Sa mère devait mourir. Sa mère...

— Ah voilà qui n'est pas facile, l'ami !

— Si Hassan ne meurt pas de voir sa mère faire la putain, c'est qu'il n'a pas de sang dans les veines.

— S'il en avait, aurait-il laissé vivre la meurtrière de son père ?

— C'est du sang de navet qu'il a dans le corps !

— Ces types qui s'amènent chez eux, ils la mettent à poil, ils se mettent à faire ce que vous imaginez, Hassan, lui, les regarde faire ! Il paraît que le spectacle lui plaît beaucoup !

— Hassan les regarde en ouvrant bien les yeux !

— Même que sa mère en aurait été gênée, elle lui aurait demandé de s'en aller, mais lui s'est alors mis à chialer, il criait qu'il voulait voir...

— Il les regarde, sans même ciller !

— Il a dit à sa mère qu'il la tuerait plutôt !

— Plutôt que quoi ?

— Je veux tout voir, lui a-t-il dit, je te tuerai si tu fais ça en cachette !

— Et sa mère, que dit-elle ?

— Que voulez-vous qu'elle fasse, la malheureuse, elle lui a dit, je suis veuve, j'ai besoin d'un homme, bien sûr, c'est une honte pour un fils, mais je n'y puis rien, et moi, je ne peux pas me passer d'un homme, puisque l'on a tué mon mari !

— Je ne peux pas me passer d'hommes, voilà ce qu'elle dit !

— Aussi folle qu'une pouliche arabe en chaleur, cette femme !

— En une seule nuit, elle pourrait coucher avec tous les hommes d'un village !

— Et le lendemain matin, elle en réclame un nouveau !

— Que voulez-vous que fasse ce pauvre Hassan, ce n'est encore qu'un enfant !

— Le diable l'emporte, c'est un grand garçon, non ?

— Quelle horreur, permettre à sa mère de coucher avec tous ces hommes et la regarder faire !

— Ils sont fous dans la famille, tous tant qu'ils sont !

— Malheureux Hassan !

— C'est un enfant, il ne comprend pas ce qui se passe...

— Il patiente...

— Mais qu'est-ce qu'il attend ?

— Il attend le moment, bien sûr, vous croyez peut-être qu'un garçon comme Hassan supportera longtemps de voir sa mère faire la putain ?

— On peut se résigner à bien des choses en ce monde, mais voir sa mère faire la putain, non, on en crève !

— Si Hassan surprenait sa mère avec un homme...

— Dans le lit de sa mère !

— Hassan est très bon tireur, il finira par les tuer, tous les deux, le type et elle !

— Ha ha ha ! Laissez-moi rire ! Vous n'êtes tous que des couillons ! Si tel était le cas, sa mère s'en douterait, elle se gênerait pour faire devant lui ce que vous savez !

— Hassan ne peut pas s'en prendre à sa mère, il n'a plus qu'elle au monde. Et puis, elle est si belle ! Une femme aussi jolie qu'Esmé ne peut pas s'empêcher d'être prodigue de ses charmes !

— Il l'a surveillée pendant trois jours, sans fermer l'œil...

— Mais elle a bien vu qu'il ne dormait pas...

— Et quand il s'est endormi au bout de trois jours, elle a ouvert la porte à son amant, il est resté chez elle jusqu'au matin !

— Et Halil, lui, il a pris l'aspect d'un serpent, il s'est transformé en serpent rouge, on dirait qu'il est en verre, on voit à travers. Un serpent immense, long comme ça...

— Le malheureux serpent vient se lover en face d'elle, il la contemple, pendant qu'elle est avec des hommes... Un pauvre revenant, que pourrait-il faire d'autre ? Halil est devenu un serpent, mais transparent. Comme l'air... Un serpent qui est transparent comme l'air est incapable de se venger !

— Hassan est un garçon formidable, ne vous trompez pas sur son compte.

— Hassan ne tolérerait pas l'inconduite de sa mère.

— Mais il n'est qu'un enfant !

— Un enfant ? Non, c'est un homme déjà !

— Qui pourrait faire du mal à Esmé ?

— Dieu ne pourra jamais créer une seconde Esmé, aussi belle que celle-là !

— Il en est bien incapable !

— Cette vieille sorcière et ces salauds de villageois vont causer la mort de la malheureuse !

— Ce sont des ennemis de la beauté, des ennemis de Dieu !

— Dieu qui s'est donné tant de peine pour créer cette femme !

— Il aurait mieux fait de s'en abstenir. Il l'a créée pour qu'elle cause des emmerdes à tout le monde !

— Des emmerdes, elle ? Une femme si discrète ! Sans prétention !

— Sans prétention ? Pourquoi se pavane-t-elle comme elle le fait en plein village ?

— Chaque jour...

— Pour faire perdre la tête à tous les hommes qui la voient !

— Pourquoi ne retourne-t-elle pas là d'où elle est venue ?

— Pourquoi le ferait-elle, on dit qu'il y a peut-être cent femmes aussi belles qu'Esmé là-bas dans son village.

— Tandis qu'ici, c'est la seule !

— Quelle blague, Dieu ne peut pas avoir créé cent beautés comme Esmé. En se donnant autant de mal. Esmé est unique au monde !

— Unique !

— Quel dommage ce serait...

— Il n'y en a pas deux comme elle, mais Hassan ne la laissera pas en vie, il va la tuer.

— Hassan n'est qu'un salaud, on n'assassine tout de même pas sa propre mère !

— Dans cette famille, ils sont capables de tout !

— A ces gens-là, tous assoiffés de sang, il suffit de le leur ordonner, ils sont capables de tuer leur mère et même toute leur famille !

— Quelle pitié !

— Ce serait dommage pour Esmé...

— Ces gens-là sont tous des assassins.

— Hassan est bel et bien capable de commettre un meurtre.

— Il est encore très jeune, il ne fera pas beaucoup de prison.

— Vous croyez qu'il en fera ?

Ces commentaires cessèrent brusquement, le silence s'abattit à nouveau sur le village. Les paysans se taisaient-ils vraiment, ou Hassan se l'imaginait-il ? Chaque jour, il allait voir sa grand-mère, elle n'ouvrait plus la bouche. Comme tous les autres villageois, elle était aussi silencieuse qu'un cadavre. Ou alors Hassan se l'imaginait-il, dès qu'il n'était plus question de son père ou de sa mère. Les gens ne lui adressaient plus la parole. Mais était-ce bien vrai ?

Il passait ses journées à errer dans le village, il allait accoster les gens, l'air obséquieux, suppliant, mais eux s'enfermaient dans leur mutisme. A croire qu'ils avaient tous oublié Esmé et le fantôme. Ses questions, lui fallait-il les poser aux arbres, aux eaux de la rivière, implorer leur pitié...

Les hirondelles avaient toutes disparu, on ne les entendait plus gazouiller, leurs nids étaient vides. Seuls les aigles continuaient à tournoyer haut dans le ciel, mais eux aussi étaient devenus muets.

Les cloportes, les serpents rouges, les insectes, les revenants vêtus de longs suaires, les chiens jaunes qui hurlaient à la mort toute la nuit dans le cimetière, tout avait disparu, tout s'était effacé. Il n'y avait plus rien, rien...

Hassan espérait encore pouvoir remplir le vide qui l'entourait, il s'attachait au moindre indice, tout comme un homme qui se noie s'accroche à la plus frêle des branches, mais un silence de mort continuait à régner au village.

Il se dirigea vers le précipice, sous le soleil brûlant, dans un dernier espoir. A l'extrême bord de l'abîme, sur les rochers acérés comme des lames de rasoir. Un simple faux pas, il se retrouverait tout en bas, en miettes, Hassan se le répétait, mais cette perspective ne l'effrayait plus, il n'en frissonnait même pas. La plaine s'étalait comme toujours à ses pieds, les camions étaient redevenus minuscules, de simples jouets, les hommes n'étaient plus que des fourmis, l'immense fleuve s'était transformé en un mince filet. Mais lui n'avait même pas le vertige. L'idée de rouler dans le précipice ne l'effrayait plus. Il aurait pu s'y jeter sans éprouver la moindre crainte...

Et pourtant, il s'évertuait à ressentir de la peur. Il ne quittait pas des yeux le fond du gouffre. En vain. Alors, il se remettait à marcher sur la crête des rochers, il courait même, il allait et venait, tout cela en vain...

Il s'engagea sur le chemin qui menait au village, il courait de toutes ses forces. Sa mère vint à sa rencontre dans la cour. Alors, il se mit à frissonner, à trembler de tous ses membres, l'horreur lui donnait la chair de poule. Incapable de rester un instant de plus dans cette maison, il s'élança vers le village, la tête et le cœur vides, jusqu'au moment où il s'arrêta sur la place.

Et dès qu'il apercevait sa mère, il se remettait à trembler ainsi, horripilé, épouvanté, mais quand il était loin d'elle, c'était à nouveau le vide dans son cœur, dans sa tête...

Sa mère avait allumé le four à pain dans la cour. Une brassée de flammes en montaient. Tout tremblant, Hassan jouait avec le pistolet. Celui de son père. Des frissons lui secouaient le corps. A nouveau, les flammes s'élevèrent, montèrent très haut, puis brusquement, elles retombèrent.

Esmé se penchait, se redressait sans cesse devant le four. Hassan frissonnait, tremblait, le corps crispé, douloureux, la tête lui tournait. En face de lui, les flammes environnaient sa mère. Soudain, le pistolet claqua. Il entendit un hurlement... Un deuxième coup de feu, un autre encore. Hassan sentit son corps se détendre. Il tourna un long moment autour du four, le pistolet à la main. La tête de sa mère était retombée sur le brasier, ses cheveux avaient pris feu. La cour puait la chair et les cheveux brûlés. Soudain, il prit ses jambes à son cou, fila vers l'Anavarza...

Ce fut donc son chien qui le retrouva au bout de trois jours, à l'intérieur du sarcophage. Il avait pourtant soigneusement refermé le couvercle de pierre.

Comment le chien finit-il par le découvrir, me direz-vous, par l'odeur, bien sûr.

Hassan s'est mis à ma recherche, il est venu me voir il y a quelques mois. Il m'a raconté qu'il était très à l'aise, il possède cinq tracteurs, trois moissonneuses, je ne sais plus combien d'hectares de bonne terre. Il paraît qu'il s'est fait bâtir une immense maison de maître, formidable, à ce qu'il m'a dit, au beau milieu de trois cents ares d'orangers. Il s'est marié, sa femme est très belle, m'a-t-il dit. Et puis, il a six enfants, trois garçons et trois filles.

Nous avons évoqué des souvenirs, nous avons parlé de cet agha qui avait assassiné quatre personnes et qui passait ses nuits et ses jours à faire ses prières. Et de ce salaud de Lutfi. A en croire Hassan, les gens dans la Tchoukourova deviennent de plus en plus méchants, cruels, malhonnêtes. Ils ne savent plus ce que signifie l'amour, l'affection. Les amis, ça n'existe plus. Les gens, m'a dit Hassan, sont prêts à s'arracher les yeux, à tuer père et mère pour quelques sous. Lui-même ne fréquente presque personne.

Au printemps, m'a dit Hassan, le parfum des fleurs d'oranger, là-bas, est si violent qu'on en devient comme soûl...

Composition SEP 2000 à Paris.
Impression S.E.P.C.
à Saint-Amand (Cher), 8 décembre 1982.
Dépôt légal : décembre 1982.
1er dépôt légal : septembre 1982.
Numéro d'imprimeur : 1919.
ISBN 2-07-022276-4. Imprimé en France.

31320